文治
© wénzhi books

更好的阅读

相遇之时，盛开之花

［日］**青海野灰** 著

王猫猫 译

台海出版社

北京市版权局著作合同登记号：图字 01-2022-6082

AUHI, HANASAKU.
©Aomino Hai 2019
First published in Japan in 2019 by KADOKAWA CORPORATION, Tokyo.
Simplified Chinese translation rights arranged with KADOKAWA
CORPORATION, Tokyo through BARDON-CHINESE MEDIA AGENCY.

图书在版编目（CIP）数据

相遇之时，盛开之花 /（日）青海野灰著；王猫猫
译 . —— 北京：台海出版社，2022.12（2023.5 重印）

ISBN 978-7-5168-3431-2

Ⅰ . ①相… Ⅱ . ①青… ②王… Ⅲ . ①长篇小说—日
本—现代 Ⅳ . ① I313.45

中国版本图书馆 CIP 数据核字（2022）第 207293 号

相遇之时，盛开之花

著　者：〔日〕青海野灰　　　　　译　者：王猫猫

出 版 人：蔡　旭　　　　　　　　责任编辑：俞滟荣

出版发行：台海出版社
地　　址：北京市东城区景山东街 20 号　　邮政编码：100009
电　　话：010-64041652（发行、邮购）
传　　真：010-84045799（总编室）
网　　址：www.taimeng.org.cn/thcbs/default.htm
E－m a i l：thcbs@126.com

经　　销：全国各地新华书店
印　　刷：三河市冀华印务有限公司
本书如有破损、缺页、装订错误，请与本社联系调换

开　　本：880 毫米 × 1230 毫米　　　1 / 32
字　　数：137 千字　　　　　　　　印　　张：6.25
版　　次：2022 年 12 月第 1 版　　　印　　次：2023 年 5 月第 3 次印刷
书　　号：ISBN 978-7-5168-3431-2

定　　价：48.00 元

目 录

第一章
两个人的，初恋。

▶

　　今天又做梦了。

　　只有在那个梦里，我才能切实感觉到，自己真的活在这个世界上。

　　梦里，她的水手服在明媚的阳光下随风摆动，她与朋友们欢笑着，对美好的未来充满期待，全身上下都涌动着生的能量。

　　她体内，是水，宛若一片温暖的大海。我在那片海洋中自由浮沉。通过她的眼睛，看到她所看到的；通过她的耳朵，听见她所听见的；通过她温暖的皮肤，感受着她所有的抚摸。就这样，我忘记了作为"我"的所有痛苦，变成了她，享受着这个世界。

　　天空清澈湛蓝，微风柔和，人们露出温暖的笑容，一切都熠熠生辉，世界光彩夺目。

做这个梦的日子里，我总是哭着醒来。在透过窗帘照进来的晨光中，在鸟儿的鸣叫声中，我被一种莫名的憧憬撕扯着，我蜷起身子，像一条迷路的小狗，喉咙深处发出安静的呻吟。

我想去那里。去那个光彩夺目的世界。

我钻出被窝，去卫生间洗了把脸。镜子里的男生毫无生气，与梦中透过她的眼睛看到的脸截然不同，那张脸就像是夏天的向日葵。我双手撑在洗脸池上，缓缓地深吸一口气。今天也必须好好活着。我把右手放在胸前，小心翼翼地确认心跳。

吃过早餐，我换上制服离开公寓楼。我边下楼，边用手机给妈妈发了条消息。"早上好，我去上学了。""好的，小心一点。"回复很快就弹了出来，内容跟往常一模一样。我不想待在那个令人窒息的家里，所以申请了外县的高中，这样就可以独自生活了，不过交换条件是必须定期联络。我不知道自己是一个被关爱的小孩，还是一个出于面子而被保护起来的道具。

在初夏的阳光中，我慢慢走着，步调配合着心跳的节奏。这总让我感觉像是和梦中的她一起走在路上。我深情地凝视着路边摇曳的红色蜀葵。它的花语是高贵雄伟的美、热烈的爱之类的。我从前不知道这种花的名字，也对它不感兴趣。我最珍视的，是她在梦中教给我的东西。

梨枣之后

　　黍粟继之

　　葛藤枝蔓总相逢

　　就如你我别离后

　　葵花开时与君逢

　　我从她那里了解到一首作者不详的和歌，里面出现了蜀葵。各色植物随着季节交替轮番登场，思君的情绪与相逢之日鲜花盛开的愿望就寄托在盛开的蜀葵上。某天，在我的梦中，我真切地感受到她初见这首和歌时的悸动，那是在柔和的阳光倾泻而下的教室里，一切是如此美妙，犹如晨露中摇曳的新绿。

　　好想见你啊。希望有一天能见到你。

　　但对我来说，这一天，却永远不会到来。

　　高中的课程大部分都很无聊，我边望着窗外，边有一下没一下地做着笔记。不过，凭着梦中她留下的记忆，我的学习总算没有落下。

　　上体育课时，其实只要不过于剧烈运动就没有问题，可我却总是找借口不参与。自从高中的第一节体育课上，我给体育老师看了我从喉结延伸到腹部的粉红色疤痕（也可能是他事先从教导主任那里得知了我的经历），他就把我当成了一件易碎品，对我百般关照。起初，也有几个同学见我体育课总是在边上待着，觉得好奇，来和我说话。但在我的敷衍搪塞之下，大部分人都失了兴趣。两个月后，再也没人注意到我的存在，我俨然与教室里的空气浑然一体了，除了坐我前面的小河原，他现在还会回过头来和我说话。

"我说朔朔啊。"

他从来不会喊出我少见的姓氏——"八月朔日"。

"说实话，你为什么上体育课老站在一边？"

我手托着腮，看着云在天空慢慢移动，轻轻叹了一口气：

"我胸部受过伤啊，之前不是说过了吗。"

"到底受了什么伤啊？已经歇了两个月了，是一辈子运动不了的那种吗？"

"没有人会一辈子运动吧？"

"你不要转移话题。你对这种敏感问题含糊其词，那我就不得不小心翼翼，对你特殊照顾，这可能会影响我们以后的关系。所以我才想把它说清楚。"

小河原把手肘撑在我的桌子上，身体前倾。他的眼睛在窄框眼镜后面调皮地眯了起来，小声补充道，"作为你的朋友。"

我总是无法真切感受到这个世界的时间和生命，特别是从我频繁地做那个梦以来。我是不是不应该在这里，而应该在梦里那个过着闪亮生活的女孩柔软的身体里？我满脑子全是这些。

然而，我还是不得不生活在这个世界。从入学到现在两个月了，仍然愿意搭理我的小河原给了我很大的帮助，这使我能够安然度日。

我有点犹豫，但还是托着下巴合上眼皮，缓缓地吸了一口气，说：

"初中一年级的时候。"

"哦？哦哦。"

也许小河原察觉到了我的情绪，虽然闭着眼睛看不见，但我感觉他直起了身子。

"我做了心脏移植手术。"

"……真的假的？！"

当眼睛闭上时，主导大多数感官的视觉被阻断，其他感官变得更加敏锐了。

我专注地听着她的心脏在我身上跳动时那温柔、甜蜜的节奏。

*　　*　　*

我被诊断为限制型心肌病。

一开始，我只是感觉自己比周围的人更容易气喘疲惫。直到小学五年级的一次运动中，我失去意识被送去急救。当时诊断结果出来，我的父母吓坏了。后来我才知道，得了这个病，大约有七成的概率能活五年，有四成的概率能活十年，而小孩子的情况会更加严重。让一个才十岁的少年承受这些，命运未免太残酷了——如今想来却像是别人的事。可当时我是个一无所知的小孩，父母又对我无微不至，所以我只觉得，"虽然好像生了什么病，不过可以不用去上学，爸妈还对我这么好，真不错"。

后来我就进了大医院，开始了住院生活，接受各种治疗。虽然那是一段难熬的日子，但父母对我好得难以置信，学校里的朋友也会来看望我，最后总算渡过了难关。

终于，就在我躺在病床上成为一名义务教育阶段的初中生时，奇迹般地传来消息——提前找到捐赠者了。我不知道这中间是我那有些地位的政治家母亲在尽力寻找，又或者是她的人脉起了作用。不管怎样，血型、体格等匹配，各项检查结果也显示符合条件，在十三岁那年的梅雨季节，我进行了心脏移植手术，接受了不知来自何人的心脏。

长达半天的手术治疗过后，在清晨的阳光里，我从全身麻醉中缓缓醒来。伴随着胸口大面积的钝痛，我在害怕之中清晰地感受到在胸口真实跳动着的器官。紧接着，我产生了一种近乎感动的畏惧：我知道它不是我的，它属于其他人，一个已经走了的人，它是通过人工而非自然的过程植入我身体的，现在正以一种奇特的方式让我活了下来。

可能是受到麻醉的影响，我动了动仿佛不属于自己的右手，隔着病号服试着触摸了一下胸口的伤。这一摸引起了一阵过电般的疼痛，令我皱紧了眉头。想到被这缝合痕迹锁在我体内的，因着某个人的失去和善意而得来的器官，我流下了眼泪。

——那天晚上，我在梦中变成了一个不知名的少女，奔跑在晴天下的草原。我真的很久没有这样痛快地活动身体了。爸爸妈妈远远地望着我笑。一种奇怪的眷恋、怜悯、苦闷的感觉让我的胸口一阵不舒服，醒来时，发现自己又哭了。

经过充分的术后观察和康复训练，我出院了。本来这道从喉咙延伸到腹部的手术疤痕可以修复得好看一些，但我选择不去修复。我在想，这伤疤可以经常提醒我，自己靠着别人赠予的心脏活下来的事实。

妈妈的助理阿姨来接我，开车把我送到家。在车上，阿姨用一种奇怪的语气跟我说了一件事。她说我的父母离婚了。妈妈拿到了我的抚养权。她还说，大约从我入院起我父母就一直在争执。

我毫不知情。因为在病房里见到的父母都很亲切，看起来不像有什么问题。即便如此，大人们还是会在小孩看不见的地方争吵、决裂，并且丝毫不让孩子知道。这简直是晴天霹雳。其实我好想说，不要擅自决定啊。后来我又想，他们分开、瞒着我做了决定，可能……正是因为我吧。

这时，自出生以来我第一次深深感受到，自己是个太过无力的小孩，过去一直在周围的大人和社会的保护下恃宠而骄地活着。不似我的心情，初夏的日光明亮异常，汽车行驶在无趣的高速公路上，我坐在后座，一直低着头，右手放在左胸上确认着那里的心跳。

从那天起，我改姓母亲的姓氏"八月朔日"。家里少了一个人，我感觉妈妈比我入院之前更加冷静透彻了。媒体曾多次来采访打探我的情况，好像都被妈妈拒绝了。

后来我又做了那个变成不知名少女的梦。每次梦到，那个少女都会长大一些。而我总是哭着醒来。起初我觉得这只不过是个奇怪的梦。渐渐地，我在想，这会不会是如今在我左胸下温柔跳动着的，某人心脏的记忆。

捐献者的信息，通常情况下不会透露。我用自己房间的电脑试着查找，看到一个以前登记希望接受器官移植的患者信息的网站，有一个叫"社区"的标签。点进去，里面是一些做过器官移植的人以及捐献者家属的手记和信件，我逐一浏览了。每一条，都是来自接受者的深深谢意和渗透着重生的喜悦的话语，还有捐献者家属悲痛下的决意以及对接受了宝贵器官的患者温柔慈爱的寄语。我也算当事人之一了，读着这些话，眼泪吧嗒吧嗒往下掉。情绪平复下来后，我也决定写一封信，可将纸笔备好以后，却笔下无言。

网站上那种温暖闪耀的话语，我这双手有权利书写吗？不对，如果只是表达感谢的场面话，多少我都能写。但那是我的真心话吗？我苦苦思索的是，将对自己十分重要之人身体的一部分舍下来赠予我的那家人，如今我拥有可以昂首挺胸面对他们的那种生命的价值与喜悦了吗？想到这里，笔滚落在冰冷的地板上。

父亲不知何时离我远去，不常在家的母亲偶尔回来也似乎有些冷淡，对我小心翼翼的。多数时间，我都是一个人吃着阿姨做的饭。尽管如此，在梦里变成那个女孩时，我是幸福且满足的。"我"是自由的，虽然偶尔有些烦恼，但每天都很快乐。我在学校读书，和伙伴嬉闹，同家人一起吃热乎乎的饭菜，单是明天会照常来临这件事，都能让我开心。在晨光中醒来，胸口一阵绞痛，我轻轻地哼出了声。我好想去那里啊。在这里，光是今天又开始了这件事，就让我觉得痛苦。可即便这样，我也不得不活下去。

在上学的余暇，我在网上和图书馆找到了很多资料和书籍。了解到性别不同的人之间也能进行器官移植。移植之后性情爱好发生变化，在梦里知道了素不相识的捐献者有关的事，保留了回忆的心脏，记忆转移。每个都是尚未经过科学验证的，实属可疑的故事。但是，什么他人的例子，什么科学根据，什么道理，和这些通通无关，我就是莫名地相信。

梦里见到的情景，是这颗如今让我活下去的移植心脏的原主人的记忆。是那个出于某个原因不幸去世的美丽少女的闪耀回忆。

对我而言，那个梦境和那个少女的存在，成为我最最在乎的事。

痴人说梦的，

遥不可及的，

纯粹的，

残酷的，

一场初恋。

    *   *   *

闭上眼睛，在走廊和教室的喧闹之中，浮现她的心跳声。咚。咚。我用双手小心翼翼地去感受，轻轻地抱住胸。

"……哎，所以是因为手术的影响不能做运动了，是吗？"

沉寂中听到小河原透着些许顾虑的声音。睁开眼，还是平常的高中教室和表情略微奇怪的小河原。

"不，和别人一样可以做运动。"

"那你为什么体育课都请假啊，偷懒？"

我没说起那个梦和那个女孩。说了我也不觉得他会信，就没想着说。希望那个女孩的存在，是只有我一个人深藏的秘密。

"因为，宝贵啊。"

小河原对我的话感到不解。

"什么宝贵？"

"心跳次数呀。"

我听说，动物的心脏能够跳动的次数是有限的。小型犬大约是五亿次。猫和马大约是十亿次。人，大约是二十亿次。说来应该叫心脏使用次数的上限。不过这仅仅是统计性数据而已，没有任何科学和医学依据。可即便如此，我听了还是会恐慌。我想爱惜地对待那个女孩的心脏带来的每一次跳动，不给它无用的负担，所以避开了一切不必要的运动。

"哦，哦哦，是吗，这样啊。"

不知是不是明白了我的境遇，小河原坦率地接受了我莫名其妙的理由。

"我上体育课偷懒的事，你要对大家保密哦。"

我也学着小河原刚刚那样，身体前倾，把一只手肘撑在桌上，低声说道，"作为朋友"。

小河原瞪圆了眼睛，看起来很高兴，像分享了秘密的小孩子一样脸上浮现出恶作剧的微笑。

"哦，没问题。"他小声答道。

上课铃声响起，休息时间结束了，教室里一片慌乱，学生们急急忙忙回到座位上。小河原边把身体扭回到黑板那头，边竖起了大拇指。真的，谢谢你啊。

我没有参加社团活动，所以上完课跟小河原打过招呼就很快离开了学校。一边看着想象中那个女孩喜欢的花一边慢悠悠地走着，回家的途中路过一个小超市，我买了些食材。把回来路上买的食材放进公寓的冰箱里，我用手机给母亲发了回家的短信。"已经从学校回来了。"可能由于母亲工作繁忙，我没有立刻收到回复。

为了那个女孩给的心脏，我不愿过不健康的生活。虽然逃了体育课，但为了维持身体健康，我每天都会做康复时期医生教给我的轻度运动，一次不落。一日三餐也是吃家里做的，尽量避免吃快餐和便利店的便当。今天的菜是我做的法式黄油烤鲑鱼和菠菜洋葱沙拉。然后洗了个澡，暖暖身子、促进血液循环，又看了会儿书，为了保证充足的睡眠，早早就钻进了被窝。

这样的生活日复一日，我陷入了这样一种感觉：她的心脏才是我的本质，我的身体和控制它的大脑，不过是维持这一本质的工具，或者附属品。虽然我也觉得这听起来像是一种丧失自我的危险思想，可对我来说也是一种救赎。让这颗心脏活下去，就像是为了让逝去的她活下去。她把自己的重要部分给了我，这成为我活下去的唯一理由，我感到庆幸。因此，明天我也必须活下去。

梨枣之后

黍粟继之

葛藤枝蔓总相逢

就如你我别离后

葵花开时与君逢

　　她的名字叫作"铃城葵花"，这是我从梦中她纸上的笔记和周围人唤她的声音中得知的。而诗是能体现她的性格、证明她的存在的清秀美好的文字。她如此倾心于那首和歌，是因为里面和她的名字有同一个词吧。我在她的海洋里徜徉着，禁不住想笑。

　　"早上好啊——葵花。哎，昨天的电视看了吗？《生命的奥秘》。"

　　梦中，有一天早上上学时，朋友绘里来打招呼。五颜六色的紫阳花在温和的风中摇曳，那是梅雨来临前的晴朗清晨。

　　"早上好。看了看了！好感动啊。"

　　我胸口跳动的心脏追寻到的，只是她记忆的片段，而非全部。她看电视节目的记忆，我是没有的。

　　绘里把被风吹起的头发别在耳后，继续说道：

　　"好伟大啊，生命的诞生。等到我长大以后，哪怕知道要经受那样的痛苦，也会想要生小孩吗？好不安啊。"

　　"啊是吗，我明白。女性的宿命嘛。"

包裹着我的她轻快地一笑，温暖的海水就惬意地晃动。你没能长成大人的事，只有我知道。

"不过那个也不错，通过器官移植得救的故事也很感人。"

她的话让我屏住了呼吸。

"一个人为了另一个人，把生命的接力棒交出去的感觉。被救之人也对捐献者充满感激，我都有点看哭了呢。节目结束后，我立马就提交了捐献者注册的临时申请。"

"哎——好棒啊，葵花。不过死后自己的身体被用在不知道的地方，不会有点可怕吗？"

"想想是有些可怕啦，不过这么做能帮到别人的话，我觉得很不错啊。"

这份温情，让我感激至今。

"可是虽说申请了捐献，但那是我有个什么万一时的意愿，我没觉得自己会这么轻易地离开啦。我还有好多好多想做的事呢！"

她的身体也好，内心也好，无论何时都充满朝气和希望。可是，却即将死于不久的将来。

如果不是我，而是你活下来，该有多好。你才应该活下来。

一阵风吹动她的围巾，也把路边的落叶高高抛上天。我和她一同仰头，天空又高又蓝，万里无云，仿佛在赞颂无限的未来。我迎着炫目的阳光睁开眼，眼前却是我清冷、昏暗、气氛阴沉的独居房间。

"啊啊……"

眼泪又涌上来，胸口开始作痛，我抓紧胸口的衬衫。心脏真的不是要冲破我的肋骨，回到她那里去吗？

平静下来后，我打开手机浏览器，试着输入她的名字。起初我没抱任何期待，搜出来的净是些完全无关的网站。

她是因为什么离开世界的呢？就这样一直做梦下去，什么时候能有答案？

◂◂

不知什么时候开始，我的身体里，住进了一个男孩。

清楚地出现这种感觉，大概是从小学高年级的时候开始的。我跟母亲说起过这件事，当时从她的表情看，那气氛就像是立马要带我去医院了，于是我赶忙开了个玩笑。因此，我仅仅是有所发觉，但还在想，这会不会是大家普遍都有的感觉呢，而且也没有对别的朋友提起过。

看不到面容，也听不到声音。但我确实飘忽忽地感觉到我心底，又或是胸腔之下的什么地方，有一个不是我自己的存在，这种感觉并非常有，只偶尔出现。客观地想想，这种事情是让人有些不快，但也并非恐怖。相反，我觉得自己被十分温柔、热情又郑重地对待着。可我却又觉得孤独、害怕，战栗着——对了，那种感觉，就像一只窝在角落里的怯生生的兔子。所以每次我感觉到身体里那个男孩的存在，就会跟他说"这里是安全的，不可怕哦，还温暖又有趣"，从而尽可能地去享受这种时刻。

我想方设法鼓励身体里那个兔子般的奇妙男孩。如果我能稍微注意一下，就会发现自己脑子里想的全是，该怎么温暖他呢。

所以，高中午休时间，朋友绘里跟我说话的时候，我还在自己的座位上神情恍惚地想事情。

"葵花，听说了吗？说是下周开始来代课的数学老师非常帅呢！"

"欸？啊啊，是吗？"

听到我心不在焉的回答，绘里的黑色马尾扫了扫她穿着夏季校服的肩膀。

"喂——葵花，你怎么没点反应呢！你要多关注点消息，再使使劲啊。现在这样永远都找不到男朋友的啊。"

"可是绘里也没有啊。"

我笑着回答。确实，戏剧部的学长们好像也说过，新来的老师很帅之类的。可是我提不起兴趣。比起这个，我更愿意想想如何逗兔子先生开心。

"哎哎，放学后偷偷去看看呗。好像他今天会去办公室和别的老师见面，到时候我们就藏在他可能出现的地方。而且那个老师，还会担任戏剧部的顾问对不对？！"

"嗯——嗯……"

之前的数学老师兼戏剧部顾问丰桥老师因为生产和育儿暂时休假了，休假期间替她的，好像就是现在女孩子们热烈讨论的帅气老师。

"好啊，要不我也转去戏剧部吧？这样练习的时候他就会从后面握住我的手什么的，给我来一个私人演技指导！"

我斜了一眼还没认识人家就开始胡思乱想、大呼小叫的绘里，心想，要是因为这种不纯的理由加入戏剧部的女生变多了，可真烦啊。

结果就是，那天放学后，我被绘里强行拽着手腕，躲在离办公室几米远的一个拐角处，见到了那位出名的老师。我们去的时候已经有好几个女生在那里了，我真是服了女孩子追星的架势。如果兔子先生来了，会觉得我也是其中一个吗？一种害怕的感觉涌上来。

不久，办公室的门哐当一声开了，被学生偷偷称作"鬼爷"的教务主任和一个看起来很年轻的男老师走了出来。他们刚出来，藏着偷看的女孩中间就发出一阵欢呼。我正在想，都出声了那藏着还有什么意义啊，果不其然，教务老师注意到了这边，向我们做了一个可怕的表情。

"喂，谁让你们乱看了！快走快走！"

说着教务主任摆了摆手，在他后面，那位年轻的老师爽朗地笑着，对我们轻轻挥了挥手。女孩子们的欢呼声又响起来。教务主任好像叹着气失望地走下楼梯。那位年轻老师不知对着什么露出了微微惊讶的表情，朝这边看了几秒后，就被叫下了楼梯。

看到……我了？不对，是错觉吗？

"厉害了，这也太帅了吧！"

绘里兴奋的话音刚落，其他女孩子也七嘴八舌讨论起来。也有女孩在激动地说"他盯着我看了欸！"，所以刚刚真的是我的错觉吧？可话说回来，虽然他确实身材高大，长相清爽，笑容看起来也很温柔，跟偶像一样，但真的需要这么轰动吗？

或许是对我兴致缺缺的样子感到不快，绘里毫不掩饰地皱起眉头。

"又——这样，葵花你还是没点反应啊。干脆就他吧？小葵花，你就没有喜欢过的男孩子什么的，对吧？"

最后反应过来我是被人当成傻瓜了，我怒上心头，一瞬间脱口而出：

"有的，我有喜欢的人！"

"欸？真的吗？我和葵花你认识这么久，还是头一次听你说这种你情我意的话呢。是谁？是谁？是什么人？"

她不依不饶。要是信口开河的话，应该会被嘲笑吧。我咕咕哝哝地出了声。

"是这样的……他一直很爱护我，但不知道为什么，他有点孤独，我很想为他做点什么。"

我没有说谎。绘里脸上眼看着染上喜悦和好奇的色彩。我想我可能是脸红了。

"欸——那是什么'我们之间很特别'的感觉！葵花你在和他交往吗？"

"不，没有交往，但是……"

"已经在等着告白了！好啊葵花你，有了喜欢的人为什么不早点告诉我呢？我们是朋友啊。是谁？是学校外面的人？"

"嗯……"

正当我不知所措的时候，一丝温暖闪过心头。

"兔子先生来了。"

"嗯？什么？"

绘里对我突然的嘀咕露出疑惑的表情。于是我匆忙地结束了这个话题。

"啊，我得去参加社团活动了！下次见，绘里。你也不能逃掉吹奏乐的活动哦！"

"喂，你不要打岔！"

绘里鼓起脸颊，我笑着朝她挥了挥手，跑到走廊上。我向窗外望去，阳光像在宣告着夏日的到来，明媚地照耀着古老的教学楼，照耀着操场上的新绿，照耀着放学后嬉闹的学生。

我在这里很开心，很幸福，所以没关系，不知名的兔子先生。

我对绘里说的既不是谎言也非信口开河。我发现他漂浮在我身体里，因为孤独而退缩，对我的关心又超过一切。这样的他，不知从何时开始，让我无法不担心忧虑。

我放缓脚步，看着走廊窗外闪闪发光的景色，哼起我最喜欢的短歌。

梨枣之后

黍粟继之

葛藤枝蔓总相逢

就如你我别离后

葵花开时与君逢

我看不到你的脸，听不到你的声音。

但我们肯定是相通的，你的胸口温暖着我，难为情地，充满爱怜地。

你在哪里？我们会见到吗？好想见见你。我想什么时候，见一见你。

这场初恋，

太过透明，

太过纯粹。

▶▶

　下午的数学课上，粉笔划过黑板的干涩声音在教室里回荡。我只用右边一只耳朵听着，一边茫然地望着预示雨季来临的六月的阴天。我回想着她的心脏带来的一些影像和声音。

　葵花初中时是学校美术部的，但高中时加入了戏剧部。并非因为她有什么表演的经验，而是以前在电视上看纪录片时，看到舞台上活跃的演员们有一种发光的感觉，所以很憧憬。我笑了笑："她很容易受电视的影响嘛。"

　我也曾想过高中加入戏剧部，去追寻她的经历，但这个想法很快就打消了。尽管"戏剧"这个词让人联想到文艺，但我通过她体验到的社团活动却是非常运动型的，而我不想让自己的心脏每天承受力量训练和跑步的负担，此外，我觉得，她所喜欢的读剧本的那些事，并不适合我。

　"那么这个问题就……"

　老师在黑板上写完一道因式分解题后，环顾教室。我不动声色地低头看向课本。

　"今天是六月三日，一乘就是十八，那我们就请八月第一天的八月朔日同学来答一下吧。"

　这个点名方式还真是不按套路出牌。我不禁在心里吐槽，抬头一看，只见这位年轻男老师对我露出一种试探的微笑。是在暗示我上课态度糟糕吗？我从座位上站起来，毫不犹豫地在黑板上写下答案。

"哦？八月朔日同学你有在好好听课啊。还是说，这种问题对你来说太简单了？"

很难说他是不是在讽刺我，但我淡淡地笑着回答：

"不，是因为我很认真地在听课哦。"

"是吗，谢谢你。"

数学老师——星野先生，眯起眼镜后的眼睛微微一笑。当我走过课桌，回到最后面自己的座位时，我注意到，教室里大多数女生的视线都看向讲台上的星野老师。与此相比，大多数男生脸上都露出不满的表情，教室里充斥着一种奇怪的氛围。

下课铃终于响了，星野老师离开教室，坐在我前面的小河原转过身来说：

"我觉得上数学课好痛苦啊。"

我早已托着腮沉浸在这颗心脏的记忆中，于是敷衍地说：

"你不擅长数学吗？"

"不是，其实我很喜欢数学，只是，教室里的气氛也太让人窒息了吧？"

"是吗？那，难得你坐在一个靠窗户的座位上，把窗户打开一点不就好了吗？"

“不是这样的，太闷了对吧？星野老师的课。”

“这样啊。可我觉得他课上得很好啊。”

听到我的回答，小河原气呼呼地笑了起来。

“朔朔你真是对周围的事毫无兴趣啊。你当真不知道吗？因为星野老师一来，女生们就把听课的事丢在一边，给他送上星星眼，男生觉得这很无聊，很恼火啊。”

“啊啊，这事啊。”

那这么说，我刚刚也感受到了这种紧绷绷的奇怪氛围。

“你知道，入学也两个月了，男生开始喜欢班上的一些女孩子了对吧？但谁能想到,学校里竟然有个老师是‘女生杀手’欸。没有男生不失望吧。我的青春也危险喽。”

确实，最近女孩子们聚在一起聊得热火朝天时，也频频听到“星野老师”这个词。

“真是受欢迎呢，这个星野老师。”

“果然很淡定呢，朔朔。你有出息啊——”

我和唉声叹气的小河原一起，望着被温暖和寒冷一同裹挟的教室。我庆幸有葵花的存在，而且她没有这样一个特定的倾心对象，所以我没有陷在小河原所说的那种感觉里。不对，虽然如此，也许在我尚未看到的记忆中，会出现这样的人呢？如果发生这种事，我又该怎么办呢？还能像过去一样，靠近她的心脏吗？

听到窗户上传来微小的敲打声，我扭头向外看去。下雨了，雨打湿了玻璃，像眼中含着泪，模糊了窗外的景色。

◀◀

终于有一天，晨间新闻里播到，我住的城市也进入梅雨期了。下雨啊，真让人讨厌。

我闷闷地带着伞出了家门，天空阴沉沉的，铅云密布，转眼雨点儿就淅淅沥沥地落了下来。是因为宣布进入梅雨期了，所以当天就开始实诚地下雨吗？这是什么认真的老天啊，哪怕再偷一下懒，晴朗一天也好啊。我想着些有的没的，撑开了伞。伞刚打开，左胸深处就升起一股甜蜜的温暖。我情不自禁地笑起来。

"早上好，兔子先生。一起走吗？"

我用大街上没人能听到的声音嘀咕着，揣着快活了那么一点儿的心情，迈出步子。

嗒，嗒，嗒。雨点落在伞上又弹开，声音颇有节奏。我轻轻跃过一个又一个水洼。

路边盛开的紫阳花重得似乎抬不起头，被雨濡湿的透明紫蓝花瓣颤抖着，仿佛浑身都为期盼已久的雨季欢呼。我发现一只蜗牛在叶子上休息，说起来很久没见过蜗牛了，我不由得有点开心。

走了一段路，到了河岸边，这里生长着一簇簇蜀葵。这种植物笔直地站着，直指天空，有些甚至比我还高。我曾惊讶地得知，大一些的蜀葵可以长到三米高。红色、白色、粉色……各色的花无惧风雨，坚挺地站着。

妈妈曾告诉我，我的名字"葵花"就取自这蜀葵。她说，它们靠着自己的力量长得笔直，从下而上一朵一朵相继开花，最上面的花开放时，雨季刚好结束。当时听到，有一种挺直了腰杆的骄傲感。

走上长满蜀葵的斜坡，视野一下子开阔起来。河堤下面，一片草地沿着河道铺开，中间长着一棵橡树，不远处流淌的河水，因为下雨，水势比平时更大。河对岸，隔着一些树，是另一个烟雨迷蒙的小镇。那里的人也有他们自己的生活，有他们的想法和感受，但一想到现在我们都被笼罩在同一场雨中，我就有种奇怪的欣喜。

嗒，嗒，嗒。嗒，嗒，嗒。雨水打在伞上。感觉好像在和我爱的人一起散步，我的心愉快地跳动着。

脚步声从身后传来，越来越近。一定是绘里。

"葵花，早啊。"

"早。"

绘里微微地喘着气，站到我身边。她打着一把白底海军蓝花朵图案的伞。

"好讨厌啊，雨季来了呢。湿乎乎的，从早上就下雨，太难受了。"

"是吗，我觉得雨天好像也还行呢。"

"欸欸，你那天可不是这么说的哦——"

"啊哈哈哈。"

我转了转伞，水滴散开一圈，把绘里的裙子弄湿了一些，她做出生气的样子，叫我快停手，但我还是很开心，笑着给她道歉。

我确认了一下心中亮起的温暖，心想：你过得如何，现在开心吗？

放学后，大家在戏剧部拉伸肌肉。这时，我们租用的多功能教室的门被敲响。社团负责人田中前辈说"请进"。门开了，顾问丰桥老师走了进来。

"丰桥老师！"

所有人都站起来跑到老师那里。丰桥老师是一位温柔的女老师，她周身带着一种柔和的气质，很受学生欢迎。我很久没见她了，她好像因为怀孕后身体不大好，休息了一段时间。丰桥老师的肚子变圆了，可脸颊却很瘦，而且满是疲惫。我似乎窥见了在体内孕育生命这件事是多么壮烈。

老师和大家聊了一会儿之前的事，然后转向门口："应该快到了。"

"你们可能听说了，我要休息一段时间。这段时间，我拜托了一位代课老师接替数学课和戏剧部的工作。这位老师大学的时候好像在剧团待过，你们应该能学到不少东西。他下周开始正式工作，今天会来交接一下，我先把他介绍给大家。"

这样啊，听说好像是上次我和绘里去偷看的那个帅气老师要来当顾问。说起来，我还不知道他的名字呢。

丰桥老师把手放在门上，嘎吱一声门开了。门后出现一双时尚的运动鞋，一套修长的灰色西装，还有一个清新的微笑——

我感觉，从今早起就一直萦绕在左胸的温暖，嘭地一下跳了起来。

（星野老师？）

脑海中突然响起一个声音——

"欸，星野老师……？"

我下意识地对这个声音做出回应，戏剧部的人听到都看过来。

▶▶

这可能是我第一次从她的梦中醒来而没有哭泣。我好惊讶。

这个梦，真的是葵花的记忆吗？还是说这一切都是我胡思乱想出的幻觉？又或者，梦的最后一刻混进了我的记忆？

——为什么在葵花的世界里，出现了星野老师？

不对，想也不用想就能知道。应该是星野老师曾经在她就读的高中工作过吧。不过这对我来说是一线光明。这是我与葵花除这颗心脏以外，唯一的联结。

紧张？喜悦？不安？我感受到她的心脏因着某种不知名的情绪怦怦跳动，我连蹦带跳地从被子里出来。

太着急了，所以我比平时早了近三十分钟到达学校。外面下着雨，就和我梦里一样，裤子和袜子都湿了，但我并不在乎。我把书包放在空空荡荡的教室，快步走向教员室。

敲了敲门，听到里面说"请进"。打开门，里面早已一派忙碌的景象，老师们在各自的办公桌上忙活着。坐在离门口最近的体育老师若木老师转过身来。

"哦，朔日同学啊。怎么啦？这么早过来。"

"那个，星野老师他……"

"啊啊，他啊。"若木老师转过身去的同时，"这里，朔日"，一个声音从我右手边传来。我转过去，看见星野老师轻轻地挥了挥手，脸上挂着和在教室看到他时一样的笑容。我向若木老师鞠了个躬，朝那边走去。

"没想到朔日你会来找我。怎么了，是课上有什么没听明白的吗？"

"不是，是那个……"

我后悔了，应该在来之前想想怎么开口的。面前的星野老师戴着银框眼镜，和我刚刚做的梦不同，发型也不太一样，但他有着和梦中同样友好的笑容。左胸下她的心脏发出痛苦的呻吟。我生出一种不安的焦躁的感觉，像被什么驱使着一般，说：

"老师认识铃城葵花这个人吗？"

星野老师的微笑消失了，他稍稍抬起浓密的眉毛，瞥了我一眼，双臂交叉，闭上眼睛。

"嗯——我当老师，每天都会跟很多人打交道。光说名字就让我翻找记忆库，有点费时呢。还有别的关键信息吗？"

目前为止，我都是把梦中看到的关于她的事藏在心底，小心翼翼地不对他人提起。尽管如此，我还是想从眼前这个我与她的共通点中得到些什么信息。于是我说出了梦中出现的她的高中校名。

"高中时，加入了戏剧部……"

"啊啊……"

星野老师还是抱着胳膊，他慢慢抬起眼皮，可眼睛还低垂着，似乎看向远处的什么地方。

"认识……吗？"

他的眼睛动了，看向我。那张脸上，没有了往日的微笑。

"你，认识她？"

我舔了舔因为紧张而干燥的嘴唇，轻轻吸了口气。撒谎的时候，我的视线得逃开。

"实际上，我和她有过书信联系。"

"哈哈，写信很老套啊。"

"但后来突然有一天，她就音信全无了。"

"嗯。"

"那个，我也是听说的，听说她，离开这个世界了……"

"……嗯。"

"是什么原因呢？我真的想知道。"

"……"

老师叹息一声，又再次闭上眼。

"本来不应该透露其他学生的信息，不过你的话……行吧。"

等我回过神来，发现自己紧紧握起两个拳头，握到掌心发痛。心跳得更快了，我屏住呼吸等待着他的话。

"她的事，我真的很惊讶，也非常遗憾。"

老师表情平静，仿佛在注视着那遥远的悲伤。

"她是个非常好的孩子，爽朗直率，让每个人开心的那种。"

"……是。"

"所以，我真的，很惊讶。"

接下来的话，让我有种身体中的力气都被抽走，周围的空气也轰隆轰隆坍塌的错觉。

我甚至没有喊出一句"你撒谎"的力气。

可是，这简直不可置信。

怎么会呢？

为什么，她明明看起来那么幸福啊……

"她，自尽了。"

◀◀

这究竟是怎么回事？

"嗯？铃城你认识星野老师吗？"

"啊，不认识。"

当丰桥老师问我时，我赶忙摇了摇头。不知不觉中，心里的兔子先生已经消失了。

"那个，因为我听说……"

就先这样吧。不，我肯定无意中听到过这个名字。

"哦，也对。大家现在都爱讨论星野老师呢。"

"哈哈，抱歉。"

那个帅气的老师温柔地笑着看向我。

"你就是那天在教员室门前的女孩啊。今后请多关照。"

"啊，唔，请多关照。"

我想说不是我自己要去的，但是我没能说出口。我感觉自己的脸越来越烫，好羞耻啊。

之后，大家依次做了自我介绍，结束后又回到日常练习的项目中。星野老师待在教室的角落里，丰桥老师在给他看剧本，还给他解释着什么。我看到女生们窃窃私语着，把热烈的目光投向那边。而男生们则满脸写着无聊。

果然事情变成这样了，我有点沮丧。星野先生什么都没做，这不是他的错。可有些人，只要他出现在某个地方，就会改变那里的气氛。只是这样一来，女生们可能更不愿意扮演不受欢迎的角色了。也可能碍于星野老师在，她们不再会放声投入表演。最糟糕的是，对这种变化感到不满的男生可能会退出戏剧部。

一年级的我并不负责戏剧部的工作，但也不免忧心忡忡，只能尴尬地应付着这气氛紧张的社团活动。

社团活动结束，当我走到门口准备回家时，发现我放在伞架上的雨伞不见了。是有人拿错了？还是故意偷走的？

"欸？不会吧……"

这把伞我很喜欢，当时花了近两千日元呢，我都要哭出来了。外面哗哗下着大雨，没有要停的意思，连趁机跑回家的间隙都没有。我想着是不是应该等绘里的社团活动结束后和她打同一把伞。这时，有人从后面叫住了我。

"你是铃城同学，对吗？怎么了，在这里做什么？"

我转过身，是星野老师。他手里拎着一个包。

"雨伞丢了。"

"啊，雨下成这样可不好走啊。正好我也要回去了，我开车送你一程吧。你等一下。"

"欸？不用啦！"

"没事儿，我也想听学生讲讲学校和戏剧部的事。正是个好机会，走吧。"

老师都这么说了，我不好再拒绝，于是勉强点点头。

车很快就停在了大门附近。雨中，我看到副驾驶的车门从里面打开了一些。我撑着他刚刚给我的伞跑上去，迅速坐进车里，一边把伞收好免得弄湿座位。

"雨季头一天就下这么大雨呢。"

他轻轻地笑着，确认过我系好安全带了以后就利落地发动了汽车。我见他的头、肩膀和胳膊都被雨淋湿了。从职工进出口到停车场肯定有挺长一段路。

"对不起，老师把伞借给我，自己淋湿了。"

"没关系，一点儿而已。可爱的铃城没淋到就好啦。"

突如其来的话让我的心甜蜜地刺痛了一下。幸好兔子先生不在。

"老师不应该轻易对女生说这种话啊。"

"哈哈，是吗，不好意思啊。"

老师问了我家的地址，得到答案后说了声"知道了"，然后转动了方向盘。他把衬衫卷到了手肘的高度，看到这个画面，我明白为什么女孩们会被他肌肉发达的手臂吸引了。如果今天是绘里在这儿，她大概要激动得晕倒。心跳不自觉地加快，我有些难为情，心不在焉地看向窗外。

星野老师一边小心地开着车，一边问我学校、社团和其他老师的情况。他很会聊天，在不打断对话的前提下还能适时地接过话茬或换个话题，偶尔还夹杂几个笑话，对话进行得很愉快。实际上我好几次都被他逗笑了。不可思议，仅仅是这样，我就感觉心中的警戒线在迅速瓦解。就在这个间隙，他甜润的声音径直闯入耳中。

"铃城，你有兄弟姐妹吗？"

"没有。我是独生女。"

"是吗。那你父母一定很爱你吧。"

"怎么说呢，我爸爸不善言辞，我不太清楚他在想些什么，妈妈也很忙，忙着工作还有家务。老师有什么兄弟姐妹吗？"

"有个妹妹。"

"欸，真不错。妹妹可爱吗？"

"原先她就只会任性。不过我长大离开家以后才发觉她是很重要的亲人。"

"这样啊。"

就在我们聊着这个话题的时候，车子从我家门前开过去了。我急忙跟星野老师说，他笑着道歉，然后熟练地倒车。车里的报警器响起，他把身体转向我这边，朝我伸出了左手。我的心咯噔跳了一下，身体也僵住了。

他抓着我座椅的头靠，扭过身子从两个座椅之间往后看了看，然后右手把着方向盘开始倒车。我瞥了一眼他的侧脸，还有脖子，然后迅速转开视线。我屏住呼吸，随后轻轻吐出，尽量不让他发现。好羞愧啊。这样，我不就和聚在教员室前叽叽喳喳的绘里还有其他女孩没什么两样了？

终于，车停在了我家门口。雨势依旧没有减弱的迹象，从这里到家门口只有一小段路，我决定不拿伞了。可老师却让我拿着他的伞，说"不能让女孩子淋到一点雨哦"。我谢过他，然后撑着伞下了车。到了门口又朝着驾驶座的方向鞠了一躬，这时车窗摇下来，露出了星野老师的脸。

"今天和铃城同学聊了很多。谢谢你给我讲了这么多事。希望下次我们还能这样一起回家。拜拜，明天见。"

不等我反应过来，他轻轻挥了挥手，安静地开车走了。我感觉心脏附近堆起一股说不清道不明的热气，我深吸一口气，然后慢慢吐出来。头脑发昏可不行。

兔子先生，你不来吗？

▸▸

那天，我逃课了。

朝星野老师鞠躬示意后，我径直走到班主任的办公桌前，跟她说我虽然已经来了，但身体不太舒服，想回去休息。老师非常担心，但还是同意了。我拖着沉重的步伐穿过走廊，回到教室。教室里已经零星有几个同学了。我拿起书包，朝门口走去。出门前，我照了照镜子，看见自己的脸色惨白。这样的话，身体突然不舒服的理由就更可信了吧，我心想着，顶着上学的人流往回走。

我在拉上窗帘的昏暗房间里恍恍惚惚地待了一会儿，决定换下校服，去一趟图书馆。我查过书籍和互联网，发现法律上允许捐赠自尽之人的器官，只要不是捐给亲属就行。可是，从医学的角度来说，器官移植必须是在人脑死亡的状态下，自尽的情况下捐献似乎只有极少数的案例。我不能去问她是如何自尽的，即便星野老师知道，也不会告诉我吧？况且，我现在也不愿去想她自尽前的细节。

看着电脑屏幕，翻着书页，呼吸着，听着心脏的跳动。我觉得我的心在变得冰冷、灰暗和阴沉。

她。葵花。我喜欢的人，死在了多年之前。这我从一开始就知道。可最终的结局，竟是那个仿佛生活在光辉世界的她自己想要的。这让我眼前猛地一黑。

我踉踉跄跄地走出图书馆，没有打伞，任凭雨水打在身上。我到图书馆后面空无一人的公园，找了张长椅坐下。雨水像缓和的瀑布一般拍打着我的身体，隐去我的泪水。

　　"是你自己忍不住好奇要去寻找的……"

　　我喃喃自语的声音淹没在雨中。

　　她曾是我活下去的理由。我曾经觉得，如果能把这具身体交与她的心脏和记忆，那该多好，那里充满了生命的喜悦。可是，究竟是什么样的事情，让她不得不离开。到底是什么？

　　雨势减弱了。我稍稍抬起头，看到公园尽头的花坛里，几株蜀葵摇曳着。我从长椅上站起来，朝那里走去。那些花如今只开到脚边的高度，可被雨打了也没有垂下头，还朝着天空凛然站着，挺着胸膛拼命盛放。

　　她是像这花一般的人。或者，也许她希望自己活得像这花一样。这样的她，可能自愿了结生命吗？

　　我深吸一口气，心中燃起一盏灯火。决定了。我终于打开雨伞，迈出脚步。

　　即使是一场悲剧。

　　我也，一定要查清真相。

　　回到家后，我洗了个澡，换上衣服，在手机上搜索了她居住的县和就读的学校，确认好最近的车站和换乘路线。从这儿过去，大约要两个半小时。现在出发的话，可以在中午抵达。我带上简单的行李，像被赶着一样匆匆出了家门。

工作日的电车上很冷清，几次换乘之后，望着雨点打在车窗上的样子，不知不觉就到了目的地。因为葵花平时不搭电车，至少在梦里她没搭过，所以我对这个车站没什么印象。我打开手机地图，先朝她的高中走去。

撑着伞走了差不多二十分钟，熟悉的学校出现在眼前。现在应该在上课吧。我站在紧闭的大门前看着学校的建筑，感慨万千，那个梦重现了现实中发生过的事情。

我转过身，看着她往常走的上学路。沿着这条路走下去，就像在追寻着我梦中的记忆。穿过一个住宅区后，眼前出现一道斜坡，一直通到河堤上。我沿着斜坡往上走，坡道两边是一簇簇的蜀葵。爬上去后，视野忽地开阔起来。

我现在就在葵花曾经走过、生活过的地方。胸膛激动地颤抖着，里面是她的心脏。

走在河堤上，我确认眼前的景致和梦中一样，再次走下长着蜀葵的斜坡。经过一个开满紫阳花的公园，步入另一片住宅区——

"是这里……"

我停下脚步，眼前的房子挂着"铃城"字样的门牌。也许是她的心眷恋着这里，抑或是因为我太过紧张，我感觉自己的心在剧烈地跳动。

里面应该有人吧，声音和灯火透露出生活的气息。我深吸一口气，让手指停止颤动，按下了门铃。

"来啦。"

一个温和的声音传来，过了一会儿，门开了。是一个戴围裙的五十多岁、面容温柔的妇人。我并不认识她。可是……

"妈、妈妈……"

回过神来，泪水早已涌出了眼眶。

◄◄

今天也是，从早上就开始下雨。而且，兔子先生依旧不在。

我站在门前的屋檐下，叹了口气，把昨天星野老师借给我的伞拎在左手，打开一把家里闲置的塑料伞。半透明的塑料伞撑开时发出哗啦啦的声音，伞面有些发黄和脏污，我觉得多少有点尴尬。雨点儿吧嗒吧嗒地打在伞面上。

我的伞还会回来吗？以后还是干脆带便宜的塑料伞吧。我边想边沿河堤走着，身后传来绘里的脚步声。

"早上好呀，葵花。"

无精打采的声音。我转过身，看见她的头发乱蓬蓬的，忍不住笑了起来。

"啊，不准笑！"

"对不起，不好意思啦。早上好啊，绘里。"

绘里用没拿伞的那只手拢了拢头发，站到我旁边。"湿气太大了，头发根本理不好，好烦啊。葵花的头发真好啊，柔柔顺顺的。咦？"

她抬头看了一眼我撑的伞，又低头看了看我拎在左手的另一把伞。

"那把伞怎么回事？好像是男士伞？"

"啊啊，这是——"

我告诉了她昨天的事。我的伞不见了正发着愁，星野老师刚好过来，开车送我回了家，然后把伞借给了我。

"哎哎哎，什么啊，太狡猾了吧！你还抢了先——！"

"欸，我可不是故意的。"

"葵花，你说过有喜欢的人的！"

"嗯，确实是这么回事，所以我和星野老师完全不是你想的那样。"

"我连老师的名字都不知道……你却一口一个星野老师，太气人了。"

"欸……对不起。"

绘里变得闷闷不乐，陷入了沉默。她一直是个情绪化的女孩，要是没跟她说这些就好了，我也郁闷起来。我们在尴尬的沉默中走过校门，在鞋柜换了鞋子，走进教室。那天，绘里一整天都没有和我说话。

　　星野老师今天也出现在了戏剧部。他进门的一瞬间，教室里的空气，或者说同学们的表情和动作散发出来的气氛都变了。星野老师的目光撞上正在做拉伸的我，微微一笑。我下意识躲开视线……一会儿得把伞还给他。

　　社团活动结束了。女孩们像事先商量好了一样涌向星野老师。她们七嘴八舌地问老师住在哪里，有没有女朋友之类的。星野老师和颜悦色地应对着，丰桥老师也"哎哟哎哟"地边笑边看着这场面。我收拾好自己的东西，匆匆离开了多功能教室。

　　换好校服后，在教职工进出口附近的一条昏暗的走廊上，我拿着自己的塑料伞和老师的伞，背靠着墙。我想过去教员室，在老师的办公桌上留一张致谢的便条，但又觉得不太礼貌，只好在这里等老师。不过，想到今天早上绘里的反应，还是避免和他有什么牵扯为好，等还了伞就赶紧回去。

　　很快就传来咚咚咚的脚步声，星野老师提着包出现了。他现在还不是正式教师，好像回家也比别的老师早一些。

　　"嘿，这不是铃城同学吗？你在等我吗？"

　　"嗯，我想把这个还给您。"

　　我递上昨天借来的雨伞，他接了过去。

　　"哈哈，为什么不在刚刚社团活动的时候给我呢？还是说，你想和我独处？"

我急忙从突然靠近的老师面前移开，并朝他鞠了一躬。心开始兀自扑通扑通地跳起来，真是讨厌。

"不是，那，我先走了。"

"好冷淡啊。怎么了？我们不是昨天还一起开心地回家来着？"

"不是，真的没什么。老师再见。"

我从他身边走过，朝着学生进出的大门走去时，老师的声音变了。

"抱歉，我是不是不经意间在某些方面让你感到不舒服了？我想努力和大家好好相处的，真是什么也做不好啊。"

听到他低落的声音，我停下了脚步。

"……不，老师你没有做错什么。只不过，我和你待在一起，会惹得我朋友不高兴。"

"为什么？"

眼角的余光中，我看到老师转向了我。他问我为什么，可我不知道该怎么回答。

"我……"

老师的手臂动了一下。不行。

他的手，摸到了我的头发。不行！

"我想和你做朋友。"

被碰到的地方像是在发烫。冷静，心不要乱。

兔子先生，你怎么还不来？

▶▶

对一个突然开始哭，还冲着自己叫"妈妈"的陌生男高中生，葵花的母亲表现得十分镇定。

"……不好意思，你是哪位？"

"那个！"

我用没有拿伞的右手解开衬衫上脖子位置的一颗纽扣，把我从喉咙延伸下来的伤疤露出来给她看。

"我是移植了葵花心脏的人。"

听到我的话，葵花的母亲慢慢睁大了眼睛并张开了嘴巴，她用手捂住嘴。一滴泪从她眼里滑落，划出一道泪痕。

"啊啊……原来是你啊。我好多次想通过协调移植的人给你写信，但又一直在犹豫。"

说这话时，她慢慢靠近我，用手轻轻地抓住我的肩膀。她的头发、肩膀和手臂都被这安静的雨淋湿了。

"妈妈，雨……"

"今天是怎么了？你从哪里过来的？对了，先进来吧。"

她轻轻地拉着我的胳膊，让我进了家门。昏暗的玄关，陈旧、发黑的木质地板和墙壁，微弱灯光投下的阴影，眼前的景象我从未见过，心却因为思念而痛苦地咯吱作响。

我被带到一个安静的日式房间中，这里有一股淡淡的线香的味道。里间有一个佛龛，门是关着的。看到它时，我感觉背上有什么冰冷的东西蹿过。在梦里，并没有看到这个东西。

"那个，这是……"

"是的。不介意的话，来打个招呼吧，好吗？"

我安静地点点头，母亲在佛龛前铺了一个坐垫，小心翼翼地跪坐到上面，然后伸出手，放在佛龛的门上。她缓缓移动，木门无声无息地打开，里面是葵花的照片。她笑得很开心。

我缓缓地深呼吸，让心平静下来。没关系的，我早就知道。她已经不在了。在我还没有认识她之前，她就已经不在了。这就是我此刻在这里的原因。

"葵花，延续你生命的人，到家里来了。"

在母亲的示意下，我坐在垫子上。她说"不用太在意礼仪"，这让我十分感激。

我还不太明白要怎么做，只是供上一支点燃的线香，敲响碗状的佛铃。清凉的声音传遍整个房间。在这舒缓的声音中，我闭上眼睛，静静合掌。这似乎是一种仪式，它代表着我承认了身体里的葵花已经死去。我咬紧牙关，喉咙深处还是发出了不争气的呜咽。为什么？为什么？葵花会……

"谢谢你，为了葵花流泪。"

我转过身，母亲轻轻地抚摸着我的头，她看起来比梦中看到的老了很多。听到她的话，我才意识到自己在哭。

"妈妈……我，为什么……"

我的声音在颤抖，心跳得很厉害，好疼。我伸出双臂，紧紧抱住母亲。

"为什么不在了呢……"

母亲惊讶地看着我，立即轻轻搂住我的头。我把脸埋在她的胸口，号啕大哭。一直以来积攒的泪水好像决了堤，泪水把她柔软的羊毛衫浸透了，我还哭得停不下来。

不知道什么时候睡着了，醒过来时，我发现自己正躺在榻榻米上。头下枕着对折了的坐垫，身上披着一条毯子。我好像做了一个梦，却又想不起来梦过什么。我甚至分不清那是葵花心脏的记忆，抑或仅仅是我的梦。

我正要站起来，厨房里的葵花母亲边擦着手边走过来。

"啊，醒啦？你是不是累坏了？可以再休息一会儿。"

"对不起。初次打扰，竟然在您家睡着了，实在太失礼了。"

母亲听了我的话，轻轻地笑了起来。

"没关系。你可以把这里当成自己家。"

"谢谢您。那么，那个……"

我跪坐起来，母亲郑重地在我对面坐下。

"我听人说，葵花是……自尽的。"

我看到母亲痛苦地皱起眉头，感觉胸口一阵阵刺痛。

"我今天来，是想知道她发生了什么。"

"啊……也是。"

看见母亲表情忧郁地弯下腰去，我急忙摇摇头。

"那个……如果您觉得痛苦的话，那我就不勉强了。"

她无力地笑了笑，然后挺直了腰说。

"你和那孩子一样，都这么善解人意。没关系。我也一直希望有人能听听她的事。"

说完，她直视着我的眼睛。

傍晚的雨打在她家的房子上，温柔的响声包裹着我们。

◀◀

灯光飘忽的昏暗走廊里，星野老师抚摸着我的头发，我的身体顿时僵硬，无法动弹。

"我好孤独啊。即使身边有很多人，心里也总是莫名地感到孤独。但是，如果有葵花在……"

我想要逃走，但是他震动耳膜的低语，还有他留在我身上的触感，却像荆棘一般，缠绕着我的胳膊和腿，束缚着我，甜蜜而痛苦。我的身体滚烫，心痛苦地跳动着。

老师也很孤独吗？我，能抚慰他的孤独吗？

这比虚无缥缈的初恋还要，还要——

在我的手指即将触摸到他的胸口时，心口涌起一股热流。我猛地倒吸了一口气。

我甩开老师的手，跑了几步，然后转过身鞠了一躬，迅速跑开了。老师一句话都没有说。我的心在茫然地狂跳，脸就像着火了一样发烫。

"兔子先生，不是这样的，不是的！"

我跑到学生进出口附近，背靠走廊坐下，整理凌乱的呼吸和心跳。我发现，胸中的温暖已经消失得无影无踪。

"够了，你究竟是谁啊？你想让我做什么？我该怎么做才好啊？"

我手捂着脸，哭了一会儿，然后撑起塑料伞，独自往家走去，路上空无一人。

在家人面前努力表现得若无其事，可是这让我有些痛苦。

第二天，我打着伞走在去学校的路上。

不知道星野老师今天会不会再来。我该如何面对他呢？今天是周五，过了周六和周日，下周开始星野老师就正式以临时教师的身份教授数学课了。该怎么面对他呢？今天是周末的前一天，通常我都是很高兴的，可昨天发生了绘里和星野老师的事后，今天我忍不住沮丧起来。

身后，我听见一如既往的脚步声在靠近。是绘里。我的心似乎在萎缩。

"葵花……"

听到喊我的名字，我转过身去。绘里一副快要哭出来的表情。

"昨天的事，抱歉。我当时真的很激动。冷静下来，才发现差点因为这点无聊的事失去朋友。"

"啊哈哈，没关系。绘里你一直都很感情用事啊。"

我笑着说，打心底里松了口气。我知道，如果失去这个从小学起就认识的朋友，我们都一定会很难受。

我们两个撑着伞走在去学校的路上，像往常一样随意且愉快地聊天。之前的郁闷已经消散了，我意识到，朋友的存在对我的人生有莫大的意义。看着雨中摇曳的蜀葵，我想我会永远珍惜自己与这个女孩的关系。

"说起来，我听说亚子去的高中，室内穿的竟然是拖鞋，这怎么可能？"

"啊，我也觉得。穿制服不配鞋子总感觉不是很严肃，不过我在电视上看到，现在有很多学校都这样。"

"欸——大人怎么总是爱制定这种让人无法理解的规定啊。"

"啊哈哈，是啊。不过还好我们不穿拖鞋。"

我边说边脱下鞋，手在鞋柜里摸着，准备拿出在室内穿的鞋子。

"啊！"

中指刺痛了一下，好像被什么扎到了。我猛地把手缩回来。恐惧和不适像冷水一样渗入我的心脏深处。

我瞥了一眼绘里，她正在和同学打招呼，似乎根本没注意到这边。看到这一幕，加上此刻兔子先生不在，我稍稍松了一口气。悄悄地朝鞋里看了看。两只鞋的里侧，脚后跟的地方各用胶带粘了一个图钉。我立即把它们揭下来，小心翼翼地藏在左手，注意着不被扎到。确认过脚尖处没有问题，我放下鞋，穿上。

我深吸了一口气，缓缓吐出。这是在干什么，故意找我的麻烦吗？

面对赤裸裸的恶意，我生出一股心脏都要收缩了的恐惧，同时又直冒怒火。我做错了什么？这个人到底对我有什么不满？如果有，直接和我说就是了啊。用这种方式，我既不能知道自己做错了什么，也没有办法改变。除了伤害到我，没有任何意义。

"葵花，你怎么了？脸色这么不好。"

绘里叫我，我这才意识到自己眉头皱得紧紧的。我猛地摇摇头。

"啊，不，没什么。"

我搪塞过去。绘里容易冲动，要是让她知道，事情肯定会越闹越大，我隐隐感到不安。

左手握着的图钉和胶带传来冰凉的触感，就像是心被什么东西猛地扎了一下，我又深深吸了一口气。

▶▶

"准确地说，葵花不是自尽，而是自尽未遂。"

"欸……"

雨声仿佛从耳边消失了。我的耳朵，我的心，我全身的注意力都集中在母亲的话上。

"三年前，也是这样一个雨天。她趁家里没人的时候，在自己房间里用一根延长电线……电线系在天花板上通往房顶的检查口，后来检查口裂了，葵花在还有一口气的时候摔到了地上。我下班回来才发现，马上叫了救护车送她去医院。可是葵花一直都没有恢复意识。最终被认定为脑死亡。"

她母亲的眼神仿佛在看向遥远的某处。我想，视线的那一端，必定是女儿往日的笑容和回忆吧。

"我早就知道这孩子填过一张器官捐赠卡，可在戴着呼吸机的葵花面前，那么多天，我一次又一次地挣扎。我想尊重她救人的美好心愿。可是，她是我心爱的女儿，我不想放手。另一面，看到她身上插满管子，勉强维持着生命体征，我又想让她解脱。"

母亲右手捂住嘴，声音带着颤抖。

"我多么希望她和我说说话啊，不要独自离开。如果觉得难受，不去上什么学也行，我可以为她做任何事。只要她活着，总是有办法的啊。为什么……"

我不知道该对面前说着这些话潸然泪下的人说些什么，犹豫了一会儿，问了一个困扰我很久的问题。

"那个，葵花她，留下遗书了吗？"

母亲静静地摇了摇头。

"我后来平静下来，整理过她的房间，没有发现。当时，我只觉得她情绪有点低落，并没有意识到她把自己逼到了这种地步。要是能早点知道该多好。"

一声长长的、微弱的叹气后，母亲缓缓睁开眼睛。

"不过，即使过了这么多年，如今我依旧为她骄傲，那个孩子想着自己不在了也要为别人出一点力。正因为如此，你才能得救，还来了这里。"

说着，她笑了，眼角浮现出温柔的皱纹。我感觉很难受，不知道自己是否配得上面前的人失去至亲的沉痛和葵花闪闪发光的生命。

"……说了这么多，我还是希望你能过好自己的生活，不要在意捐赠的事情了。很高兴你为葵花考虑，但我觉得她不会想让你被她留下的东西所束缚。"

很感激她为我着想，但我不认为自己能做到这一点。靠着她的心脏活在这世上的事实也好，那颗心脏给我看到的记忆也罢，还有梦里她看到的风景，她自身的美，现在对我来说都是不可替代的。不管她是否愿意，被她的存在所束缚是我想要的。

母亲留我在这里过夜，说我远道而来，而且晚饭都准备了，我觉得太麻烦她，所以几番谢绝，可最后还是接受了她的好意。因为明天是周六，不用去上学，我还想多了解一些葵花的事情。除此以外，可能我也在渴望母亲的存在和家庭的温暖吧。谢过她之后，我给妈妈发了一条消息，谎称自己回家了。

葵花的父亲很宠爱她，我对和他见面多少有些犹豫和紧张，但我猜想母亲可能事先与他联系过，因为他一回家，就张开坚实的臂膀给了我一个拥抱。我都被他的手臂箍疼了。能感觉到，他就是我梦中看到的那个父亲，一个稳重、善良、坚强又疼爱女儿的人，我的泪水濡湿了他的西装外套。

我吃着热乎乎的晚餐，听着有关她的回忆，时不时还因为她干的糗事和趣事大笑。这真是个温暖、平静、友善又充满爱的地方啊，葵花。你为什么要选择那样的结局呢？如果当时我在，绝不会让你孤身一人。

母亲拿出给父亲买的男士内衣和睡衣给我，再三跟我说都是新的，可以放心，还让我去泡个热水澡。我把身体沉入浴缸，抱住膝盖，想起葵花也曾在这里……不，我用力甩掉这些想法。我没有梦到这种场景，也许是件幸运的事。

客用的被褥铺在一间房间里，我在这里睡了一晚。空余的房间只有这间和葵花自己的房间，母亲对让我睡在这里一事再三表示抱歉。但我根本不在乎这个，我不可能要求睡葵花的房间，那里想必装满了她女儿最珍贵的回忆。而这里，似乎是如今与她最接近的地方。

当我爬进被窝时，不知是因为紧张，还是说出行让身体感到很疲惫，睡眠很快就带我沉入意识的深处。

然后，我又做了一个梦。

第二章

改变，未来。

◀◀

　　放学后，戏剧部的活动照常进行，气氛和前一天没什么不同。

　　不过想想，这也正常。昨天那个让我犹豫着要不要来这个空教室的问题，只是我和星野老师之间的事。今天老师一副若无其事的表情在社团活动时出现，依旧被其他女生议论纷纷。他的态度平常到甚至于让我怀疑昨天的事是不是自己在白日做梦。可即便如此，他触摸我头发的感觉和他在我耳边低语的"他的孤独"，经过一夜的睡眠，我的身体仍然记得。这就是为什么我对星野老师有些不满，他显得那么无辜，丝毫不知我的苦恼。

　　但是，最好什么都不要发生，让我可以回到正常生活，我心想。然而，事情却不是这样。

社团活动结束后，我往学生出入口走去，准备回家。透过玻璃窗，看到外面还在下雨，我叹了口气。看来今天鞋袜又要湿了。我看了一眼鞋柜，本该放在那里的鞋，不见了。

唰地一下，好像有一只冰冷的手抓住了我的心。

我想起今天早上在室内鞋里发现的图钉，当时我立刻将它藏在了左手，后来不知道怎么处理就放进了包里。有人明目张胆地恶意伤害我。

放在这里的那双乐福鞋是高中入学时妈妈给我买的。弄丢它让我感觉很抱歉，眼泪不禁溢出眼眶。

呼吸紊乱，双手发抖。我正沉浸在一种身体由外朝内迅速失去温度的恐惧和难过中，胸中却点起了一簇热气。他竟在这个时候来了！

"那，那个，不是这样的。"

我颤抖着嘴唇下意识地辩解，也不知道是对谁说的。很快嘴巴就无视了我，仿佛被胸中的那簇热气驱使着一般开口说：

"我不会让你一个人的！"

坚定有力的声音和话语回响起来，以至于那一瞬间，耳边的噪声似乎都消失了。

"欸……"

这可能是我人生中第一次被自己的嘴巴发出的声音吓到。胸中的热气像火焰一般熊熊燃烧，心脏热烈地跳动着。

"欸……？"

几秒后，这个令人吃惊的声音再次从口中响起。但这不是我的本意。

这一次，我想好了要说的话，凭着自己的意志说了出来。

"难道……你是兔子先生？"

（……说起来，你之前也喊过这个称呼，不过那是什么？我可不是长着耳朵的毛茸茸生物，我至少是个人啊！）

这一次，是脑海中响起的声音。这个声音，就是之前叫出了本不认识的星野老师名字的那个。我嘴里说的话，和脑海里的话，有什么区别呢？这个疑问很快就消散了，因为我的心里满是兴奋。

"太神奇了，我在和兔子先生说话欸！啊，我说的兔子先生，就是有时在心里感受到的你啊。"

（欸……你以前，就能感受到我吗？）

他温和的声音，让我的头骨内部仿佛都在震动，心里痒痒的。

"是啊，很久之前就可以——"

我刚一开口，就注意到有声音从通往大门的走廊传来，越来越近，我急忙闭上嘴。虽然很兴奋，但还是留了一丝冷静，要是被人看到自己一个人对话该有多蠢。

我有点犹豫，但还是穿着室内鞋，撑起伞往大门外冲去。雨水很快就浸透了这双学校指定的鞋。这鞋完全不防水，袜子也很快湿透了。

（啊，没关系吗？）

脑海里的声音在为我担心。

"没事的。明天放假！"

（可是……）

事实上，和兔子先生说话太高兴了，以至于我现在根本不在乎什么脚湿了，鞋子丢了，什么都无所谓了，我喜滋滋地咧嘴笑着。以我这单纯的、容易被感情左右的样子，根本没资格对绘里指手画脚，哈哈。我们冒雨走在回家的路上，继续着刚刚的对话。

"兔子先生，你是谁啊？叫什么呀？"

稍微犹豫了一下，脑海里的声音说出了他的名字。

（……八月朔日、行兔。）

"八月朔日？没怎么听过，怎么写啊？"

（写作"八月一日"。一日，要写成那个复杂的正式写法——"朔日"。）

"欸？好稀奇的姓氏，名字呢？"

又是一阵犹豫。

（……行走的、兔子，"行兔"。）

"欸，真的是兔子先生啊！啊哈哈！"

我笑了，他立刻郁闷地说：

（你别笑啊，我不怎么喜欢这个名字。）

“啊？为什么？”

（男生的名字里有一个“兔”字，简直就是胡来嘛。小时候不知道被嘲笑了多少次呢。而且，全部写出来就是“八月朔日行兔”，总觉得不太吉利。）

“啊哈哈哈。”

前面一个工薪族模样的人转过身来看我，我急忙用伞遮住脸。

“不，我觉得是个好名字。兔子是种吉祥物呢，一定是希望你像兔子一样轻盈地前进。”

（是吗？）

他似乎并不接受这个说法，但我却非常高兴，在心里一遍一遍歌唱似的回味着这个名字。

八月朔日、行兔。八月朔日、行兔。

▶▶

“那个，朔日你到底是什么人啊？你可别说你是我身体里的另一个人格啊，我会难过的。”

葵花问我时，我不知道该如何回答。我是你离开世界后接受你心脏的器官移植患者。

（这个……出于一些原因，我不能告诉你。但我不是什么可疑的人就是了。）

"啊哈哈，这不就是可疑的人会说的话吗！"

（不是，真的——）

"嗯，我明白。你一直在我身体里，关心着我。"

我能感觉到，她的心脏兴奋地怦怦直跳。

"所以，我才想了解你。你的身体为什么有时候会出现在我身体里？"

她在等着我回答。该怎么回答呢？我小心翼翼地斟酌着话语，然后在她的脑海里出了声。

（我的身体在别的地方哦。作为一个人，按部就班地过着自己的生活。具体原因我也不清楚，好像是当我睡着失去意识的时候，就会进入你的体内。）

"欸，不可思议。为什么是我呢？"葵花用略带戏谑的声音补充道，"有点命中注定的感觉了呢。"

"啊，或许，你连我在想什么也能知道吗？"

（没有，不是这样。我们好像只是共享身体的感觉，比如看到的，听到的，还有接触到的东西。）

"是吗，太好了。"

她松了口气，我想她可能觉得被我听到心事是件糟糕的事吧，不管对谁来说，被人看穿心事都不是很愉快的吧？

"哎——那个，朔日，你多大了？"

（今年十六岁。）

"哇，你和我同岁啊！"

糟了，我想都没想就脱口而出了。这个时候她还活着，那我应该多大年纪呢？

"谢天谢地，我一个不小心没用敬语，还在想你要是比我大可怎么办，太不礼貌了。那，你住在哪里？可以去见见你吗？"

——梨枣之后 黍粟继之——

那首短歌从我脑海中闪过，我感觉心跳快得喘不过气来。那是，你的心跳吗？

想见你。好想什么时候见见你。可是——

（不行，太远了，要见面很难。）

"是吗，真遗憾……那，那个。"

她的心脏跳得好快，快到几乎难受的程度。我感觉她的脸颊在发烫。

"我心里想到你，就有种温暖的感觉，你为什么……关心我啊？"

我感觉心被填满了。我的心跳，连通着你的心脏，你也能听到，对吗？我没由来地觉得，你对我非常重要。

（那是因为，我对你……）

突然，联系好像断开了，视野画面中止了。我猛地睁开眼睛，眼前是日式房间的天花板，微弱的晨光照进房间。我听到细雨打在房子上的声音，房间里没有她。

"啊，啊啊……"

我闭上眼睛，泪水夺眶而出，打湿了耳朵。左胸下的心脏，仍在咚咚地跳动。

我上半身从被窝里坐起，翻了个身换成趴着的姿势，伸出右手轻轻打开头顶方向的佛坛的门。那里放着她的照片，和我昨天看到的别无两样，仿佛是为了证明她已经不在这里了。

"葵花……"

那个梦，真的是她记忆的重现吗？为什么，我能干涉它呢？难道说那个时间段与过去联系在一起了？不，那只是一个梦而已，怎么会有这种荒唐的事呢！

可是，如果有呢？

如果，在那个梦里面，我能阻止葵花做出遗憾的选择……

那是不是，就能改变她的未来——

我这样想时，左胸处一阵强烈的绞痛袭来。

"唔！啊！"

我把额头抵在榻榻米上，攥紧胸口的衬衫。浑身冒汗，喉咙像是坏掉了，难以呼吸。还好疼痛很快就消失了。接下来很长一段时间，我维持着同样的姿势，慢慢地调整呼吸。

我因为有她的心脏才得以活下来。如果过去被改变，葵花被救下，那她生活的世界里，我就会……

"梨枣之后，黍粟继之，葛藤枝蔓总、总相逢，就如你我……"

我念起她最喜欢的短歌，声音低低地，颤抖着。

好想见你啊。希望有一天能见到你。可是，无论我如何努力，我们的路都没有交集。

即使这样，我……

◀◀

"啊……"

我穿着湿透的室内鞋走在回家的路上，当走到每天都经过的河堤时，胸中的热气突然消失了。兔子先生他，不，朔日他回去了。我还想再和他说说话呢。

（那是因为，我对你……）

我重复了一遍他最后说到一半的话。他想说什么呢？

我停下来，吸了一口潮湿的空气，就在我慢慢吐气，试图赶走胸口残留的悸动时，心中溢出的思绪似乎飘到了傍晚飘雨的天空中。

"好紧张啊。"

我的身体还残留着刚刚那奇妙经历带来的感受。那是与喜欢的人说过话之后，胸口、眼睛和脸颊周围飘浮着的，微微发热的愉悦。

与此相对，我没办法抵御无休无止的雨水，双脚在一分一秒地失去热量。眼前的事实让我的心蒙上一层阴影。我还跟他说，我很好啊。

从这里到学校门口大约要十分钟。我还是想再找一找我的鞋，于是掉转头，沿着刚刚和朔日一起走过的路，一个人折了回去。

当然，又看了一遍鞋柜，还是没有深棕色乐福鞋的影子。我看了看鞋柜周围，又去电梯旁的垃圾桶里瞧了一眼，祈祷着它不要在这里，结果还是没有。我叹了口气，压了压想哭的情绪。就这样直接回去会不会比较好？

"铃城同学。"

"啊。"

身后近处有人叫我的名字，我惊讶地转过身，是星野老师。

"这次是怎么啦？又没带伞……不对，你带了呀。"

"啊，没有……"

这时，老师注意到了我的脚，我本不该穿着室内的鞋子站在这里。

"咦？这是室内穿的鞋子——啊，或许，是鞋子被偷了吗？"

"嗯……"

"偷东西这种事还得了！这是偷窃，是犯罪，我们得报警。你等着，我去跟教导主任说说。"

"啊，等一下！"

我急忙拦住老师。我害怕事情闹得越大，过后的报复会越厉害，还是静静地等这股恶意随时间散去吧。

"是我准备扔掉的旧鞋，没关系的。还省了处理它的麻烦呢。"

我嘴里说着谎，使劲忍着就要溢出的泪水。老师盯着我的脸看了一会儿，说："好吧，既然你这么说。"

"可是这样你回不去啊。我开车送你吧。"

"欸，不用，那个……"

"上次我开车送你，估摸着从这里到你家得走二十分钟，对吧？难道你要穿着室内鞋在雨里走？"

"可是，真的不用。"

"正好我还想跟你道个歉。你等一下，我去取车。"

我很犹豫，可老师说完这句话，就朝着教师进出口跑去。

很快他的车停在了学生进出口，这样一来，我觉得再执意拒绝不太好，于是撑起塑料伞出了门。还和上次一样，车门微微打开，我坐进了副驾驶座，系好安全带后车就顺利发动了。雨刮器静静地拂去打在挡风玻璃上的雨水。

"鞋子，真的没事吗？"

"……嗯。"

"是会被偷的那种高级鞋子吗？"

"……不是。"

"嗯。"

车里的气氛很是尴尬。老师用左手打开收音机，播出一首阴郁的爵士乐。他迅速切换着频道，可不管哪个都显得不合时宜，最后又关掉了。

"啊，顺便问一句，明天是周六，不上学。你休息日都做什么呀，铃城同学？"

"也没什么……"

我觉得过意不去，可又没什么心情跟老师聊天，我沉浸在悲伤里，害怕着那股冲我而来的无形恶意。

昨天星野老师的举动，今天鞋子里的图钉，丢了的外穿鞋，和朔日的愉快交谈，现在还冰冷的双脚，以及如何向妈妈解释我穿着室内鞋回了家，各种事情和想法乱七八糟地混在一起，天旋地转地搅动着我的心，即使低着头也掩不住夺眶而出的泪水。我慌忙伸手去擦，老师八成注意到了吧。

他在一个十字路口的红绿灯前停下车，长出一口气，自言自语般地说了句"好吧"，然后打开转向灯。干巴巴的嘀嗒嘀嗒声有规律地在车里回荡。

"你家，有门禁吗？"

"欸？不，没有。"

"那……"

星野老师身体还朝向前面，只有视线转向我。他帅气的侧脸映着交通信号灯的红光，在日暮时分的空气中若隐若现。嘴角微微上扬，露出顽皮的笑容。

"我们现在去买鞋子吧。"

"欸，我、我现在没带什么钱。"

"我给你买。"

"欸？这……不好吧。"

"我不是说要给你道歉吗？这个就作为我道歉的表示吧。"

"可是，开车送我还让老师为我花钱也太……"

"我一点都不介意，但你要知道，有时面对大人的善意，过度保留也是一种不礼貌哦。而且你看，我好歹也是一名公务员呢。"

他总是善于做出让人难以拒绝的一系列举动，我想。照在老师侧脸上的灯光由红变绿，车朝着与我家不同的方向驶去。

▶▶

在葵花家里吃过早饭后，我向她的父母表达了真诚的谢意，然后离开了。走的时候她母亲对我说的话，再次让我感动得快要流泪。

"下次再来玩啊。你就像是我们的第二个小孩。"

家人般的温暖渗入心里，我朝他们深鞠一躬。

谢谢你们。不知道这个约定能不能实现，但在这里度过的时间，对我来说虽然短暂却又无可替代。

离开葵花家里，我再次起程追溯梦中的记忆。在绵绵细雨中走了大约五分钟，看到一幢房子。难怪说是从小到大的朋友，这距离可以算是邻里了。

葵花每次都只喊她的名字，所以我对她的姓氏并不熟悉，但我也确认过是"守山"这个门牌，之前在梦里看到过好几次。我深吸一口气，让自己因为紧张而乱糟糟的心情平静下来，然后按下了对讲机的按钮。过了一会儿，一个年轻女人的声音夹着噪声从扬声器里传出来。

"喂——"

我对着扬声器下方的麦克风说道。

"那个，绘里在家吗？"

"嗯，她在，你是哪位？"

"我是她高中的朋友。路过附近，好久不见，想来打个招呼。"

我撒了谎，但我有种感觉，如果不这么说，肯定会被拒之门外。

不一会儿，我听到屋里传来声音，像是有人从楼梯上跑下来。"男朋友？""不是！"扬声器里传来对话的声音。过了一会儿，隔着我站的伸缩式围栏几米远的大门开了。葵花最好的朋友走了出来，她的头发染成了亮丽的栗棕色，绑了马尾辫，穿着一件运动衫。

"绘里！"

等我反应过来，嘴巴已经喊出了她的名字。我觉得有点晕，于是用左手按住头。啊，这种感觉……

"欸……你是谁？"

绘里见我突然直呼她的名字，肉眼可见地露出戒备的神情。

"啊，对不起，我一时着急了……那个，我是铃城葵花的朋友。"

我以为提了她的名字，眼前的人就会对我敞开心扉。但我很快意识到，我错了。

"……什么事？"

绘里的表情变得僵硬起来，她似乎比刚才更加警觉了。或许是心理作用，我感觉她的脸色有些苍白。

"我想知道葵花发生了什么事，如果你知道些什么，能告诉我吗？"

"为什么要告诉你？"

"我听说你是她最好的朋友。而她对我来说是很特别的人。所以我想知道，她为什么选择了那样的结局。"

绘里皱起了眉头，脸上一副为难的表情，她迟疑地开口。

我感觉一股冷风从面前吹过。

"那个人，不是我的朋友。"

风变大了，冰一样的雨滴狠狠地打在我身上和葵花的心上。

胸口一阵针扎般的疼痛。

像是没什么话可说，绘里打开了门，消失在门后。

"为什么——"

又是一阵眩晕，我正准备说话的时候，被另一个从我这里发出的声音抢了先。

"绘里！为什么！"

手里的伞掉落在路上，我两只手抓住栅栏。雨伞掉落的响声很快就淹没在城市的雨中。绘里再次从门后出来，脸上带着不悦。

"你刚刚怎么回事，为什么第一次见面就这么叫我？"

"为什么说不是朋友？我哪里错了？我向你道歉，你快告诉我！"

嘴巴自己动了起来。这是怎么了？我的头摇摇晃晃的。等等，我必须谨慎一点说话。

"什么呀，你这人好吓人啊。你能赶紧走吗？"

泪水从我的眼眶里滑落。

"我一直以为我们是朋友，只有我这么想吗……？"

"你再这样我叫警察了啊。"

绘里扔下一句冷冰冰的警告，走进了家门。冰冷的细雨一刻不停地淋在我身上。左胸的疼痛和混乱来势汹汹。

"这里……"

我缓缓举起右手，放到左胸的位置。心脏伴随着疼痛，一下一下地跳动。为什么人在悲伤的时候，心脏会痛呢？

"……你在这里吗？葵花。"

嘴巴呼吸着混杂了细雨的空气。因悲伤而瘪下去的肺部微微鼓起来一点，我迟疑着，困惑着轻轻地吐了一口气，喉咙在发颤。紧接着，那个声音叫出了我的名字。

"你是朔日……吗？"

连上了，我想。

◀◀

车子驶向车站前面的购物中心，星野老师开始低声说。

"我高中时进了戏剧部，大学的时候在剧团当演员，'表演'这件事，或许已经融进了我的身体和心里。"

我不明白他想说什么，只沉默地看着他的侧脸。

"我完全进入自己被赋予的角色，扮演成人们希望我扮演的样子，得到人们的赞赏，也为此欣喜，我以为这就够了。在舞台下，我也总会察言观色，不自觉地就给自己打造出合适的角色了。"

老师的侧脸冷冷地浮现在夜晚的黑暗中，偶尔被窗外的路灯和对面驶来的汽车车灯照亮。

"但后来，我偶尔觉得，藏在角色里、身体里的那个真正的自己正在消失。"

微光下的那张脸，没有表情，也感受不到温度。

"真正的自己，想要什么，在想什么，又在哪里，我都不知道。或许，哪儿都已经没有他了。意识到这点……让我有种绝望的孤独。"

这就是昨天老师所说的，孤独吗？

"那时我交往的恋人和朋友，只能看到我的外表。我也曾为此叹息，可这也是事实，因为我只有外表。里面，什么都没有，空空如也。"

即便是外形帅气，被女孩们崇拜着的星野老师，也有这样的苦恼。可能人都是相同的吧，我们都生活在某种扭曲和苦恼之中。之前他还让我有些不自在，可想到这一点，却又对旁边这个握着方向盘的男人生出了一些亲近。

"空空如也的我就这样长大成人了。拿到教师资格证，成了一名老师后，也有人羡慕我，聚集在我身边。每当那种期待或是憧憬的目光看向我，我都会把自己掩饰一番，与此相对，我体内的空洞，阴影越来越深。"

可是，这种事为什么要对我说呢？

"既然已经活在了这世上，我渴望与人建立关系，渴望有所羁绊的感觉。若非这样，我就真的太孤独了。可我又打心底里难以和别人建立起关系，也体会不到那种羁绊。就算我和别人交谈、接触，也不过像是风吹进了洞窟，孤独在我的洞里呜呜低吼罢了。"

信号灯变红，车停了下来。

"一想到这种孤独可能会持续到我死去，我眼前就一片黑暗。"

最后，他的声音就像被抽光了力气一样，如果不是在狭小的车里，几乎听不清。

"对不起，絮絮叨叨说了这么多，我就是这样一个拧巴的大人啊。昨天，本来是想靠一下你的。……抱歉了。"

我把视线从他身上移开，垂下头。车里只留下吵闹的空调声。

每个人都是孤身一人，都觉得孤独。老师如此，朔日如此。我自己如此，绘里也如此。可能藏我鞋子的人，也是如此。为了掩饰这种孤独，才要把目光转移到别的事上吧。

"我觉得，之所以会孤独，是因为有一个让你感觉孤独的内心世界。"

我似乎听到老师倒吸了一口气。

"想和别人产生羁绊的心情也好，难以建立关系的孤独也罢，说到底是老师的内心在渴望这些东西。因此，不存在什么空空如也。我觉得，老师要在心里好好接受孤独的真实的自己，然后把他展示给外界。"

信号灯绿了，老师缓缓踩下油门。

"我好像……有些自以为是了，对不起。"

"没有。"

老师喃喃自语道："我，也有吗？内心。"

从他在学校所表现出来的神情和声音，真的很难想象他有如此脆弱的一面。

不久，车就到了购物商场。透过被雨淋湿的车窗玻璃可以看到，和商场一同修建的摩天轮上，灯光缓缓流转，投下模糊的光影。汽车载着我们从坡道下去，驶向地下停车场，而后缓缓地在一个角落停下。

熄火之后，老师把额头抵在方向盘上，沉默了几秒。

"走吧！"

他直起身子，看向我。

"我们去好好逛街吧！"

他对我说这话时，脸上带着灿烂的笑容，方才沉闷的气氛一扫而空，我忍不住轻轻笑了出来。

"哦，铃城同学笑了，太好了。你开心，我也很高兴。"

"现在也是在演戏吗？"

"是啊，我可是个演员呢。"

老师解开安全带，打开车门，精神抖擞地下了车。我刚解开安全带，副驾驶的门就从外面打开了，老师站在车外，彬彬有礼地鞠了一躬，然后向我伸出右手。

"来吧，公主殿下。我们去给你找一双完美的水晶鞋。"

我犹豫了一下，还是牵过他的手，笑着说："一双普通的乐福鞋就好啦。"

"哦？那你就参加不了舞会喽。"

"我又不是要夫舞会。"

我笑着，任由老师拉着我的手，就这么穿着平时在学校室内穿的鞋，踩在停车场的水泥地上。

▶▶

最后还是被拒之门外了。我捡起掉落在地上的伞，将它撑得很低，挡住自己的脸。离开绘里家，头还是晕，但现在不是在意这个的时候。

"真的是葵花啊，没想到你也在我身体里。"

很快，我的脑海中响起一个声音。

（嗯……一直以来，我都在朔日的身体里沉睡，有点像做梦的感觉。）

我也是这样，有时借对方的口说话，有时脑海中会突然听到一个声音。可能我们身体的同步率会随着情绪的兴奋程度而变化。刚才葵花甚至完全控制了我的身体。

（起初，我不太清楚自己是什么情况。意识和视力都很模糊，只觉得有人在擅自过着我的人生。然后很快，我就困了，睡了过去。不过最近清醒一些了。现在，朔日你，还有绘里的事，我都知道了。）

葵花的声音很消沉，不像在梦里听到的那样有活力。也是，从多年的好友嘴里听到"那人不是我的朋友"这种话，有这种反应也不奇怪。我心痛不已，不该毫无准备就去找绘里的。

"……葵花，刚才绘里说的话，不是冲你的，她是冲我说的，你不要放在心上。"

（嗯，谢谢……可是，我真的不明白，绘里为什么讨厌我？我做了什么？）

"嗯……"

（那个，朔日，我现在是在做梦对吧？我……死了？我在家里还看见了自己的遗像……我为什么会不在这个世界呢？）

我停下了脚步。除非我的脑袋坏了，否则现在通过我的身体和我说话的人，就是葵花本人哪。虽然不知道这是怎么回事，而且我也依然对葵花的死感到惊讶，可葵花自己竟也不清楚发生了什么。这……究竟是怎么回事？

"你是什么时候的葵花呀？你现在知道些什么？"

我原以为问问此时的葵花，应该就能知道她为什么选择了死亡。这样一来，或许就能改变葵花的过去。没想到……

（我不知道……我只知道醒着的时候你看见的那些，还有你梦里看到的一些事情。每次你做梦了，我才会想起，原来是这么回事儿啊。）

如果说我在梦里看到的，是葵花最新的记忆，那恐怕很难从她这里了解到真相了。

（喂，朔日，你能告诉我吗？我是因为什么离开这个世界的？生病？还是意外？）

我不知道该如何回答。但是，葵花知道自己已经不在了，撒谎骗她也是没有用的。

"我听说，你……自尽了。"

（不可能！我才不会做那种事！）

从星野老师那里听到这个故事时我没能说出的话，葵花本人代我说出来了，我心里的郁闷终于消散了那么一点。

（之前我只记得，我的鞋子丢了……虽然发生了一些令人难过的事情，但我绝对不会自尽！因为，无论多么难过，总不会永远持续下去。况且生活中还有那么多令人快乐的事。）

"可是，他们说你用一根插线板的延长线……"

（有遗书吗？）

"好像没有……"

（……那，我会不会是被人杀了？）

"欸……"

（我从来没有要寻死的想法，我想好好活着……）

泪水从我的眼中滑落。我也根本不愿意相信那是葵花的选择。擦去脸上的泪水，我开口道：

"你是说，把谋杀伪装成了自尽？"

（我也不清楚，可如果不是生病或意外，那就只能是这样了。）

"那……究竟是谁呢？"

（我不知道啊……）

葵花的声音听起来一点力气都没有。也是，她连自己的死因都不清楚，更不可能知道这个。说起来，在这里想这些也没什么用。

"……葵花，你想见爸爸妈妈吗？"

我感觉到她在体内倒吸了一口气。心脏困惑且不安地跳着。

（想……说起来，昨天见到我妈妈了呢。）

"欸，是吗？"

（当时我迷迷糊糊，似乎不小心夺走了你的意识。已经那么久没见妈妈了，她看起来好疲惫。我都没能好好和她说话。如果可以，我想好好和妈妈说说话。……可现在，我又觉得有点害怕。）

"为什么？"

（因为我几年前就不在了啊。这样很可能会吓到他们，让他们手足无措。）

"嗯……"

我本来想，如果能以我的身体让深爱着葵花的两人见到女儿，就太好了，但葵花不愿意的话也没有办法。

（啊，不行……）

听到葵花有气无力的声音，我的心悬了起来。

"怎么了？！"

（我有点困。我要，睡一下……）

"等一下！"

这种联系即将消失的预感带来一种难以忍耐的焦躁。我想和她多说一会儿话，我还有好多话要讲。

"你……还来吗？"

（嗯。可能吧。……朔日。）

"嗯？"

（我之前……问你的问题……）

"问我？"

"上次你说，你对我……"

葵花清澈的声音消失在脑海中，持续了很久的眩晕感也不见了，只剩下冰冷的孤独。

"我……我喜欢你……"

撑伞的右手无力地垂下，我抬头看向天空。细雨很快就打湿了我的脸，厚重的云层沉沉地笼罩着上空，那后面的希望之蓝似乎失去了踪影。

◀◀

周五晚上的购物商场挤得厉害，我一边忐忑不安，害怕撞见认识的人，一边费力地跟上在人群里大步穿梭的星野老师。很快，他在一家面向年轻人的装修时尚的鞋店前停了下来。

"太贵的话怕你会不好意思，就在这里可以吗？"

"啊，好。可是，真的没关系吗？"

老师打了个响指，然后用食指指了指我的嘴巴。

"不可以再说了哦。对我不需要客气。好了，去挑你喜欢的吧。"

我谢过老师后在店里四处看了看。穿着学校的室内鞋走来走去很是尴尬，为了缓解尴尬，也为了不让老师等太久，我决定要赶快买好。

在女鞋区，我看见一双跟今天丢失的那双很像的乐福鞋，就拿起来看。很快店员姐姐就招呼着我试穿。我坐在凳子上穿鞋的时候，原本站在店门口看着人来人往的老师走了过来。

"就买这双吗？"

"嗯。整体上和之前那双比较像。"

老师走到我面前蹲下来，一只膝盖着地，看着我的眼睛。

"非常适合你哦，公主殿下。"

"不要这样喊我啊，很不好意思的。"

旁边站着的店员咯咯直笑：

"你男朋友真好啊！"

啪的一声，扔下了一颗炸弹。

"不是的！"

我急忙否认，可我也不能说他是学校的老师，只能低下头来。

"要不要真的试试？让我做你男朋友。"

"请不要开这种玩笑。"

"哈哈哈。"

我瞪了他一眼，老师轻轻地笑了起来。真的是老师吗？这个人。

我告诉店员，打算穿着这双鞋走。老师刷卡付了钱后，我用新鞋子的鞋尖踢了踢他的皮鞋，然后两人朝着停车场走去。

车子发动后驶出了停车场的出口，夜晚的雨敲打着车身，雨刮器再次动起来，这时老师开了口：

"那个，如果我说刚才的话不是在开玩笑，你会怎么样？"

"欸？什么？"

"做你男朋友。"

一瞬间，我忘记了呼吸。这很让人懊恼，可我能感觉到自己的心跳在加速。

"当然不可以。你可是老师欸。"

"哈哈，可我下周才正式任职呀。"

"下周任职就不是老师了吗？况且，我……"

脸越来越烫，我低着头继续说：

"我有喜欢的人。"

我以为他要取笑我，可他却很安静，我迅速地瞥了一眼他的侧脸。他的脸冷冰冰的，没有表情。

"噢，这样啊。"

他用一种没有温度的声音说了这句话后，就沉默着继续开车。这沉默，让人有些害怕。

他说话总像在开玩笑，可刚刚，或许真的是在认真表白？如果是这样，我反倒有些抱歉。可是，我认识他本来就不过几天，况且，老师和学生之间有这种关系是绝对不行的。虽然很感激他开车送我，借伞给我，还带我去买鞋子，但我已经有朔日了，啊，该怎么说好呢？我脑子里一片混乱。

"那么——"

这时，老师突然开口了，我的心猛地一跳。

"那个人，是什么人？也是本校的学生吗？年纪比你大，还是比你小？"

他兴冲冲地问我，就像班上的那些女孩子问他那样，我吃了一惊。一瞬间，我想让他把我的时间还给我，枉我刚刚那么费劲地考虑要怎么和他说。

"不告诉你！"

"喂——好啦，就告诉我嘛——"

"……老师你几岁了？"

"二十五。"

"那你说话做事成熟一些好吗？"

"哈哈哈，我被说了欸。"

剩下的时间里，我一直笑着听老师说些拉拉杂杂的闲话，还有他对教导主任的抱怨，最后，车停在了我家门口。

"谢谢你送我的鞋。改天再答谢你。"

"不用了，没关系。不是告诉过你，不用对我客气吗？如果还想谢我，可以像今天这样，偶尔和我一起去兜兜风。"

"不了吧。"

"好冷漠啊！"

我笑了笑，从老师的车上下来。在大门前朝他鞠了一躬，老师挥了挥手离开了。

我深深地吸了一口气，把装着室内鞋的塑料袋换了只手，开了门。

今天真是够乱的。

▶▶

葵花在我身体里睡着后，我试着叫了她几次，但她没有要出来的意思。要是真睡着了，把她吵醒可能不太好，我决定暂时不打扰她了。

就像我在睡梦中会进入葵花记忆中的过去，心脏里残留着的她的意识、她的人格，抑或是记忆之类的东西，似乎也会在我清醒的时候与我的身体共鸣。这种事情要让研究人员和媒体知道了，肯定会被大做文章，不过我不打算跟任何人说起现在的情况。尽管我之前想着如果葵花希望的话，我就告诉她的父母。

我一个人撑伞走在细雨蒙蒙的街道上，偶尔掏出手机看一下地图，就这么到了车站。

今明两天是周末，学校不上课。时机正好。我在手机上预订了附近的胶囊旅馆，在车站前的购物商场匆匆吃了午饭，买了换洗的衣物，又消磨了一会儿时间，然后随便吃了一口晚饭，就朝旅馆走去。

前台工作人员简简单单地就帮我办理了入住。洗过澡后，我早早地钻进胶囊舱里，这胶囊舱让我想到了蜂房。我把灯关掉，闭上眼睛，睡意很快袭来，不知是不是我为了能睡个安稳觉在商场里来来回回走了半天的努力奏效了。

迷迷糊糊中，葵花的样貌，她的声音、她的举动，还有她的可爱之处，都缓缓沉向我的意识深处。

深深的……深深的……

睁开眼睛，是陌生的日式房间的木质天花板。刚醒来脑袋有点发蒙，缓了一会儿，我一反常态地兴奋起来，成功了！

"欸，咦？这是……！"

葵花从被窝里一跃而起，右手放在左胸的位置。感受着右掌下绵软的体温，我的心都乱了。

"难道是……朔日？你来了？"

（嗯，早上好啊。）

她的体内今天也是温软暖和的，而通过她的身体看到的她的房间，也同样沐浴在暖暖的阳光中。这一幕，让我倍感温暖。

"早上好……好你个大头鬼！为什么要在我睡觉的时候跑来！"

我不禁笑了起来。被我的情绪感染到，她也笑了。从旁人看来，现在的情景就是葵花一个人在那里又怒又笑。这个样子可千万不能让人看到。

（我没想打扰你睡觉的，我睡着就这样了。）

葵花有点慌了，她用手理着头发，说道：

"哎呀，真是的，为什么这种时候来啊。要是我在换衣服或者上厕所怎么办啊？"

（啊，对哦。）

"什么叫对哦。女孩子早上有很多事要做的。"

她噘着嘴说着这些话时，心脏愉快地怦怦直跳。

"还有，你说你睡着后就来了，那你现在在睡觉喽？我之前还想过这个问题，你的生活节奏不会乱掉吗？你要规律作息才行呀。"

她以为，我和她生活在同一时间的不同地点。那这么想也无可厚非，我也不能纠正她。

（你说得对呢，我会注意的！）

"你根本没有在反省——！"

我又轻轻地笑了笑，然后说：

（可我要是晚上睡的话，不就没法跟醒着的你说话了？）

我感觉到，她的心脏难受地跳了一下。

（是这样没错……）

以我现在的经验来看，我的时间和葵花的时间应该不是平行的，可我也解释不了，所以有些急躁。

"我们一会儿要在客厅吃早餐，你可千万不要在我家人面前干什么奇怪的事哦。"

（知道啦，葵花的妈妈做饭很好吃。）

"欸，你怎么知道？"

这话好傻。对我来说，昨天才刚在你家吃过早餐啊。我从没吃过妈妈亲手做的料理，所以那顿早餐让我感觉很温暖。

（啊，以前我在家的时候你也进到过我的身体里？）

（是啊是啊。）

"啊——真是。那你都看见什么了？你把奇怪的事情都给我忘掉！"

（别在意啊，哪有什么奇怪的事啦。）

"唔唔"，葵花低声哼哼着，脸又开始发烫。

然后，她闭上眼睛、堵住耳朵上完了厕所，洗脸的时候还避开了镜子，然后又紧张兮兮地吃了早餐，回到自己的房间，成功地闭着眼换好了衣服。我微笑地感受着她做的所有的事，简直都要被她的可爱征服了。

"啊，有点累呢……"

葵花在书桌前的椅子上坐下，叹了口气。

（哈哈，辛苦了。不过葵花，今天周几啊？）

"欸？周六？"

（你今天有安排吗？）

"嗯……也没什么安排。"

（太好了。那，你可以和我多待一会儿吗？）

"嗯……"

有件事我想尝试一下。透过葵花房间的蕾丝窗帘，久违的蔚蓝色的晴空在梅雨间隙铺展开来。

◀◀

朔日在我脑海中说了一些奇怪的话。

（能不能找个地方埋一些葵花你的私人物品？什么都可以。）

"欸……干什么？"

（做个小小的……试验。虽然不太好，可我现在还不能告诉你理由。拜托了，请不要拒绝。）

"你在说什么呀？"

虽然听起来很荒谬，但朔日的声音很是认真。

（埋什么都行，但是应该不能还你了。真的不好意思，提出这么奇怪的请求。但是，这事对我来说很重要。）

"嗯——明白了。"

朔日好奇怪啊，不过还好，像我和他说的，今天没什么安排，于是就答应下来。而且说实话，我还有点儿开心。

我从椅子上站起来，环顾了一圈房间。要埋起来的话，最好不要太大吧？而且还得是我不要了的东西。

"喂，那这样它会到朔日你手里吗？"

（……要是成功的话，应该是的吧。）

"欸，那你会来我这里吗？"

他似乎有点儿不知道该如何回答。

（我也不知道得什么时候……）

"那到时候，你告诉我啊！"

（嗯……好的。）

能见到朔日了。一想到这个，我心里就暖暖的，心跳也特别欢快。

要是这样的话……我生出些坏心思。回到书桌前，我打开上锁的抽屉，拿出一个一直躺在里面的西式信封。

"这个可以吗？"

（这是什么？信吗？可以是可以，不过没关系吗？这是重要的东西吧……）

"没关系，我还想着什么时候丢掉呢。"

在朔日的指挥下，我问妈妈要了一个以前装糖果的空罐子，把信封放了进去，再用塑料袋包起来。最后带上挖土用的小铲子。我跟妈妈说要和朋友出去玩，她还笑话我要去玩沙子。

走到外面，久违的晴天晃得我把眼睛眯成了一条缝。今天是晴天，真好啊。澄澈的蓝天上，飘浮着棉花糖一般的云，一架飞机飞过，从远处拉出一道白线。

"要埋在哪里呢？"

（上到种着蜀葵的河堤上，从那儿可以看见河边草地上有一棵树，就埋在树底下吧。）

"哦——搞得还真像那么回事儿。"

（是吧？）

晴天。收到一个不可思议的请求，和特别的人一起散步。初夏的阳光热辣辣地照在身上，照得随风飘动的裙摆闪闪发光。

我莫名地开心起来，心一直扑通扑通地跳，脸上止不住偷笑。

（你好像很开心呢，葵花。）

"是啊，我好开心哦！"

说出这句话的时候，我轻快地一跃，左手提着的塑料袋就在风中沙沙摇晃，外出穿的浅口皮鞋的鞋跟亲吻着柏油马路，发出愉快的嗒嗒声。

紫阳花盛开的公园里，有个小女孩和她妈妈看向这边，我发现她们在看我，顿时脸颊发烫。一个女高中生自己在那儿做什么呢。连朔日也笑着调侃我：

（哈哈，你干什么呢？）

"唔，就是一时有点激动嘛。"

我用手捂着嘴答道。这只手的背后，朔日再次笑起来。又难为情，又开心雀跃，我也不禁笑了。一具身体里两个人在笑，好像要呼吸困难了，不过这件事它也很好笑啊，我还是笑，最后竟止不住地咳嗽起来。

（喂，咳咳，葵花，你冷静点啊。）

"啊哈哈，咳，对不起嘛。啊，太开心了。"

只要你在，我的心就能温暖起来。我好开心，好欢快。

好喜欢这种感觉。

我朝公园里的小女孩挥手，她给了我一个笑脸。我怀着快乐的心情继续往前走，朔日低低地说了句什么。

（……我会保护你的。）

"欸，保护，保护什么？"

（没，没什么。快看！）

钴蓝色的天空下，河堤上绿意盎然，处处有蜀葵在风中摇曳。我爬上坡道，站在河堤上俯瞰河边。草地沿着河流的方向铺开，一棵橡树孤零零地站在那里，枝繁叶茂。我走下通往河边的台阶，踏上草地，连日的雨使得土壤有些泥泞，我不禁后悔自己穿了浅口皮鞋来。

（还好吗？抱歉，我找的这个地方太糟糕了……）

"没关系，还好。"

幸运的是，因为杂草茂盛，地上好像没有那么滑。我走到橡树脚下，蹲下来用铲子挖开一个洞。

"这样行吗？"

（嗯，辛苦啦。）

我把那个神秘的时空胶囊埋进这个足以放下一个空罐子的洞里，再盖上厚厚的土。

心里有一点，不对，是非常难为情。不过，如果这封信真的能到朔日手里，那就太好了。

那时，如果我能在他身边，就再好不过了。

▶▶

埋完时空胶囊后，在葵花的提议下，我们在一张可以眺望风景的长椅上坐下聊了会儿天。她的鞋子，她漂亮的手，都沾上了泥土，我觉得很抱歉，可葵花看起来却很高兴，我也跟着兴奋起来。我很感激，她没有问我为什么要这样做，可当她叮嘱我打开的时候一定要告诉她时，胸口不禁隐隐作痛。

在我生活的未来里，你不在了。而你生活的未来，也不会有我。

希望这份痛苦，永远不会传递给你。

我们正讨论着小学和中学时学校里流行什么，突然一个电子警报的声音从天而降，把我从温暖的梦境中硬生生拽了出来。我睁开眼睛，蓝天、绿草地，还有深蓝色的河流都消失了，只有狭小的胶囊舱的天花板压在头顶。上方的胶囊舱中响起了警报声，就是这个声音把我吵醒的。虽然很快就停了，但我打心底里后悔——应该戴上耳机睡觉的。

虽说如此，不过我已经达成了做梦的目的，所以我像只蜜蜂幼虫一样爬出胶囊舱，稍作准备后就朝目的地出发。离开酒店时，和葵花一起看过的晴朗天空此时被灰色的阴霾和小雨笼罩着，仿佛刚才那不过是电影或者什么里的假象。我叹了口气，打开雨伞。

我在百元商店买了一副粗线手套和一把铲子，快步朝那个地方走去。途中经过绘里家、葵花家，还有开满紫阳花的公园，然后就看见了那个坡道。

我记得，葵花的母亲说过，葵花是在三年前离开的。

"三年……"

我说出了声，想要感受一下时间的流逝，却没生出什么真实感，可能是我经常在梦里回到过去的原因吧。

　　我上了河堤，然后走下石板堆叠起的台阶。几个小时之前，我才和她一起走过这条路，如今我再次走过，这个世上却已经没有她了。我朝着草地上的那棵树走去，祈祷一般地将双手紧握。

　　站在树前，葵花挖洞的地方已经杂草丛生了，看不出一点埋过东西的痕迹。不安把我的心揪得紧紧的。

　　"……葵花，我来了哦。"

　　因为这是我们的约定。我小声地喊着她的名字，可葵花并没有从我身体里醒来。

　　我合上伞，蹲在树底下，从塑料袋里掏出铲子，开始挖土。

　　一定要在啊。一定在的。一定在。

　　我一边在心里默念，一边挥动铲子。雨水浸湿的土壤很松软，一铲子下去，手里传来杂草的根须被扯断的触感。

　　就在单调的动作和那种焦急的祈求让我喘不过气来时，铲子前端碰到了一个硬硬的东西。心怦怦直跳。我咽了咽口水，把周围的土拨开，一个全是泥的棕色塑料袋露了出来，它就这么睡在土里，仿佛在保护着里面的方形盒子。我戴上粗线手套，小心翼翼地把它从地里取出来。

　　"啊，嗬，嗬……有了！"

　　我几乎无法呼吸，耳边是咚咚的心跳，跳得令人越发焦躁不安。

我就着粗线手套拽开塑料袋，里面露出一个银色的罐子。没有浸水，也没有腐蚀，还像葵花妈妈给她时那样，散发着浅浅的、暗淡的光。

"找到了……"

我再次喃喃自语，泪水在眼眶里打着转。我左手拿着罐子，右手紧紧地握在胸前，高兴地静静颤抖着。

这正是我拜托她埋在这里的东西。

也就是说，那个梦中的世界，与现在紧密相连，而我能干涉那个世界发生的事情。

也就是说……我可以改变葵花的未来！

咚的一声，心脏剧烈跳动，犹如烟花在耳边绽开。

左胸随即传来一阵剧痛。

"哐当！"

一阵剧烈的眩晕传来，手里的罐子掉了。它掉在被雨淋湿的草上，里面的东西撞到罐身，发出干巴巴的咔嗒声。对了，葵花在里面放了一封信。

我呼吸不上来，跪在了地上。一阵一阵的疼痛随着心脏的跳动传遍全身。

"啊，啊啊……"

我额头顶着地面。冷水浸透我的头发和膝盖。

现在什么都没有改变。我没有救下葵花。拜托了，再给我一些时间吧。

莫非是命运要把我压垮，不叫我改变过去？可我并非要做什么翻天覆地的事。我只不过是想改写一个女孩的结局，还请宽恕我吧。

视线逐渐模糊，好像有个女人从河堤上跑下来，也许是注意到了这边的异常。随后，我失去了意识。

第三章

永不消失的，约定。

◀◀

我们正坐在能看见河水的长椅上开心地说话，突然我感觉朔日不见了。他总是这样，突然消失。他说他是睡着才到了这儿的，那他现在是不是醒了？

我独自起身，走到埋下时空胶囊的橡树前，敲了两下树干，许愿"一定要让朔日收到啊"。然后又觉得自己有点好笑，不禁轻轻笑了起来。

我沿着河流散了会儿步，然后回了家。虽然有些苦恼，但我还是把剩下的凸版胶印信纸拉出来，写上字，放进我上学用的提包里。吃过午饭，我趁着天晴把那双室内鞋洗了晒上，剩下的时间就无所事事地消磨过去。

周日和绘里，还有亚子约好了去车站前玩儿。亚子是我初中时的朋友，听说班上有男生跟她表白，两人就在一起了。绘里对此超级兴奋，对着她问东问西，亚子红着脸，很是害羞，但还是开心地跟我们分享。真好啊，能这样一起聊天。

　　路上，她男朋友来电话了。看着亚子害羞地讲电话，我摸了摸自己的手机，灵机一动。对了，我也可以啊。

　　当我和绘里两人用一种戏谑的、祝福的微暖目光，默默望着亚子把手机放在耳边的害羞模样时，我感觉自己的左胸处有一簇温热骤然亮起。

　　"啊，来了！"

　　我高兴地不自觉出了声，绘里投来疑惑的目光。

　　"欸，你说什么来了？"

　　"抱歉，我得离开一会儿。"说着，我急忙抓过包站了起来，结果被绘里一把拉住。

　　"啊，那我也去。不要把我一个人丢在这个爱的空间里啊。"

　　"嗯……那个……"

　　"你犹豫什么啊？啊，难道你要去上厕所——"

　　"绘里你住嘴！"我叫了一声，连忙堵住她的嘴。

　　我听到的声音，他也能听到啊。要是说了什么或者听到什么奇怪的话，得多害羞啊。可是我不知道该说些什么才能顺利溜走。再耗一会儿怕是朔日又走了。

"喂，你干吗啊？"

绘里把我的手挪开，面露不满。

"对不起。那个，兔子先生他……嗯……"

绘里抬头盯着不知所措的我，盯了一会儿，像明白了什么似的咧嘴一笑，竖起右手的大拇指，朝背后的方向指了指，说："去吧。"

我小声说了句谢谢就跑开了。她这种突然表现出来的关心，帮了我很多次。

等她们两人被建筑物挡住了身影，我小声开了口，右手依旧紧紧握着手机。

"对不起，朔日，让你久等了。"

今天他又来了，我又可以和他说话了，真的好高兴，我感觉心脏怦怦直跳，脸也开始烫起来。

可是，脑海中却没有响起他的声音。

"……朔日？"

是睡迷糊了吗？我把注意力转向左胸，那里确实还留着他的温热。

"喂——朔日——"

乱哄哄的不安情绪让我心里波澜起伏。回想一下，就在几天前兔子先生不说话还是很正常的事。可自从我知道能和他说话以后，就越来越贪婪，胆子也越来越小。他发生什么事了？还是我做了什么让他讨厌的事？

（啊……）

脑海里响起一个声音。

（嗯？）

"太好了，朔日。你刚刚怎么不说话啊？"

我松了口气，感觉身体没有那么僵硬了。

（嗯？我怎么了……）

"哼哼，真的是睡迷糊了？"

（唔……啊啊，时空胶囊……）

"嗯，昨天埋好了呀。"

（欸，昨天？啊，啊……对，是昨天啊。）

朔日他好像迷糊得厉害。时钟早已指过了中午，现在都到下午茶时间了，他这是什么生活作息啊？难道上的是夜校吗？还是说……

"你又为了和我说话，在这个点睡下了？"

他停顿了一下。

（是啊。）

直截了当，没有一丝掩饰，我的心甜蜜地收紧。如果这是一通看不见对方表情的电话，那我应该会把手机按在耳边，害羞又高兴地手舞足蹈吧，可现在不能这么做，我们共用着一个身体。

"啊，朔日！"

（嗯？怎么了？）

我突然想起要干什么了，刚才因为胡思乱想差点给忘了。我把右手的手机举到视野范围内。

"我们留一下各自的电话吧！这样你没睡着、没进到我身体里的时候也能聊天啦！还可以打电话呢！"

要是能早点这么做就好了，我懊悔不已，左胸难过得咯吱作响。

（……抱歉，我，没有手机。）

"现在的高中生怎么可能没有手机？"

他笑了笑，说（有些人就是没有啊）。

"是吗，太遗憾了。"

或许，这会不会是他温柔的谎言呢？我一面想起先前胸口的疼痛，一面想着这毫无根据的事。如果是这样，那他撒谎的原因是……

（……葵花，你出来逛街吗？）

"和朋友出来玩，朔日你来了我就溜了。"

（欸？没关系吗？）

"嗯……好像也不是没关系。有了！"

我打开手机，给绘里发了条消息——

抱歉，我要去约会了！

想到我看见的一切朔日也能看见，胸口就热热的。

（欸？约会？）

点击发送后，很快就收到一条附着惊讶表情的消息，我锁屏之后手机又振动了好几次，提示有新消息进来。不过，我还是把手机放进了包里，没有管它。对不起，绘里、亚子。回头跟你们道歉。

现在正好赶上他在，平常也不知道什么时候会来，还不能打电话。所以，对我来说，现在的时间非常宝贵。

"嘿嘿，我们走吧？"

我轻快地迈起步子，仿佛是这颗兴奋的心在从背后推着我。

（去哪儿？）

"去哪儿？约会啊。"

（……抱歉，我还没有约过会呢，该做什么呢？）

"我也没有，应该就是逛逛街、散散步、喝喝茶什么的吧。"

（可我不在你跟前啊……）

"现在这样不是相当于在吗！啊，不过，我一个人喋喋不休确实很奇怪呢。"

（把手机放在耳朵旁边就好了，看起来就像是在打电话一样。）

"……朔日，你真是个天才！"

我从包里掏出手机，放在耳边。左胸一直快乐地跃动着。

就这样，我们奇妙的周日约会开始了。

▶▶

　　老实说，我也不清楚现在自己是什么情况。

　　我把自己交给葵花，在商场里四处逛着，一边还追寻着自己中断的记忆，我原本倒在了那个埋下时空胶囊的河边来着。或许，我可能已经离开这世界了。即使没离开这世界，也可能躺在那被小雨淋湿的杂草上，生死未卜。

　　这么下去，要是身体变冷、不能动了，会怎么样呢？我的精神会像现在这样，一直停留在三年前的葵花身体里吗？这样的话……也许不算糟糕。

　　即使回到那边的世界，葵花也不在了。而在这里，我可以开心地住在她心里，虽然偶尔会因为共享身体感觉这件事被她嫌弃，但如果能像现在这样过下去，该是多么幸福的事。不过，那也就是说——

　　"啊，朔日，你快看！好可爱啊！"

　　葵花把手机对着左耳，在一家充满柔和色调的毛绒玩具店前停下。她摸了摸店里陈列的一只圆圆的、变形的毛绒兔子。右手传来松松软软的触感。

　　（对着电话说"快看快看"，真的很奇怪欸！）

　　"啊哈哈哈，没人会在意这种小事啦。"

　　她的心脏愉快地跳动着。不要在意细节。我在心里反复甜蜜地回味着这句话。是啊，不要想太多，好好享受此刻的幸福吧！

我们就这样聊着天，在各种商店里四处转悠。她在一家杂货店买了一个粉红色的手机壳，上面似乎长着两只兔子耳朵。

（耳朵不碍事吗？）我不解。她高兴地答道："就是要这两只耳朵。"是喜欢兔子吗？

葵花放下购物袋，继续把手机对着耳朵，在商场中闲逛。就在这时，葵花突然慌了，似乎是看见了朋友。

"糟了，朔日，快躲起来！"

（欸，假装在打电话，直接从她们身边过去不就好了？）

"不行！跟人说了去约会，结果自己一个人在这里，这种人肯定心理有问题！"

葵花慌忙跑进附近的一家时装店。她藏在一个排满五颜六色衣服的架子后，看着那两个朋友。好巧不巧，她们有说有笑地进了她躲着的这家店。

"不会吧？！"

（啊哈哈哈。）

"不许笑！"

她对我事不关己的笑发出了小声抗议，心脏急槌儿打鼓似的怦怦直跳。"倒是盼着你能多关心关心自己的心跳频率"这种话，即便不是现在的场合，我也说不出口。

葵花仔细观察着朋友的动向，她们四处走动时，她就在货架间绕来绕去，确保自己躲在她们的视线盲区，等走到靠近出口的地方，葵花就悄悄地溜了出去。确实是个可疑的顾客呢，幸好店员没有上来跟她搭话，真得谢谢人家。

"啊——紧张死了。"

迈着碎步跑在商场的过道里，葵花开心地笑了。

为了不再撞上朋友，我们换了一层，进了一家配饰店。这是一家面向年轻人的店，虽然不是高端商店，但是店里陈列着一排排项链、耳环、手镯，还有吊坠，颜色繁多，闪闪发亮。

（女孩子还是比较喜欢这些东西对吗？）

"嗯……虽然我平常不怎么戴这些，但确实看见就很兴奋呢。朔日你喜欢女孩子戴耳环吗？"

（用针扎进耳垂里穿个洞，感觉有点可怕。）

"明白。那我就不打耳洞了。"

（欸，你就做你想做的，不用在意我的喜好。）

"没事，你的喜好也很重要。"

从休闲款式区走开，葵花在一处光彩夺目的货架前停下，这应该是参加派对时戴的那种。

"那，这种怎么样？"

说着，她把手机放进背包口袋，拿起架子上的一顶皇冠头饰，边戴边朝穿衣镜走去。

我对着镜子，葵花鲜明地出现在眼前，平常我几乎都没有机会看到她。此刻那种感觉，简直就像她站在了我眼前，面对着我。心脏难受得直跳，我感觉天旋地转，快要晕过去一般。而镜子里的葵花微微一笑。

"朔日，心脏在扑通扑通地跳呢。"

（欸，唔，那个……）

哈哈，她晃了晃肩膀，提起白色长裙，对着我小小地摆了个姿势。

"好看吗？"她咬耳朵似的问我，声音小得周围都听不到。

眼前的葵花就像身着婚纱的新娘，我的胸口忍不住开始发烫。我不好意思直接夸她，只好打趣来掩饰自己的害羞。

（嗯嗯，非常合适，公主殿下。）

镜子里的葵花微微睁大眼睛，脸颊微微泛红，嘟哝着"你怎么和星野老师一样"。这句话一下子引起了我的注意。

（欸？你刚刚说什么？）我问。

可是店员巨大的嗓门淹没了我的声音。

"从现在七点开始，店内商品一律七折！"

"欸？已经这个时间了吗？"

葵花连忙把头饰放回货架上。

"太阳下山前，我还有一件事想做。"

说完，葵花快步离开拥挤的饰品店。

这个购物中心在室外配备了儿童游乐设施，附近还有一个很大的摩天轮。它在三年后的未来仍一如既往转动着——虽然从我的角度来看是昨天。葵花还把手机贴在左耳边，站在等待乘坐摩天轮的队伍中。

"糟糕，一个人坐摩天轮，比想象的要尴尬呢。"

（几个小时前你不是还说，相当于两个人在一起？）

"那和这个不一样啊。"

外面，太阳已经开始落山了，投下橙色的光芒，闷热的空气平静下来，微风习习。

这里不是游乐园，似乎没有多少人想坐摩天轮，我们的队伍顺利地向前移动。

"这个购物中心是我刚上小学没几年的时候建的，以前周围从来没有这种地方，起初人们还经常谈论它。"

葵花对着耳边的手机说。在周围人看来，应该就是一个煲电话粥的女高中生独自在排队吧。

"那时候这个摩天轮很受欢迎，大概要排一个小时呢。"

（啊，你坐过啊。）

"嗯，爸爸带我来的。我撒娇说累坏了，他就把我背在背上排队，也不抱怨。"

（……这样啊。你爸爸真好。）

"嗯。"

终于轮到葵花了，她多少有点不自然地把票交给工作人员，然后进了红色座舱，显然是独自一人。她坐在一边的椅子上，"呼——"地吐了口气。

"别人会不会觉得我是个独自来坐摩天轮的可怜虫？"

（没人会在意这种小事啦。）

我笑着引用了一下她今天的发言。

"是吗，对哦。我们必须享受现在这一刻！"

摩天轮的座舱载着我们慢慢升起。起初，商场大楼占据着我们的视线，但随着高度增加，风景逐渐开阔起来——

"哇啊！"（哦噢！）

我们同时发出感叹。

大楼对面开阔的街道、树木、云朵、人们，全部都沐浴在金黄色的夕阳下，闪闪发亮，像一片轻轻荡漾的光的海洋。透过葵花的眼睛看到的景色，以无尽柔和而温暖的色彩流入我的脑海，我的心为之颤抖。眼角不自觉地发热，一滴眼泪夺眶而出，可不知是我的，还是她的。

"喂，朔日。"

望着这奇迹般的景象，葵花静静地说：

"今天，真的很开心。"

（嗯……我也是，很开心。）

坦率地赞成了她的话。壮丽的风景似乎可以把人从羞怯的束缚下解放出来。

"喂，朔日。"

葵花又喊了我一声。

（嗯。）

"果然，我还是……"

她屏住呼吸，但我能想到她接下来要说什么。回答的话也出现在脑海。心里一阵刺痛。

"好想见你啊。"

脸颊的感觉告诉我，她在微笑。可眼泪却又再次落下，这次我清楚地知道，是葵花的眼泪。

如果一直留在这里……我也有过这种甜蜜的设想。可是，那终究不是真正的我们。

然而，真正的我们……

（……葵花。）

"嗯。"

我动了动她的右手，抚了抚她右边的脸颊，感受着那柔软皮肤下流动的温热血液。

我抚摸她的左脸、她的头发。葵花轻轻地闭上眼，仿佛把自己交给了我，只感受着这触摸。我的视线也随之封闭，但能感觉到眼皮外温柔的夕阳。

（现在，有点难……不过以后，一定会见面的。）

"嗯。"

（……一定能见到的。）

"……嗯。"

我知道她笑了。泪水再次涌出她眯起的眼梢，顺着脸颊缓缓流下。

我也好想见面，想见你。无可救药地想着。想用我的手触摸你，拥抱你。

所以，我不应该一直待在这里。

我的身体到底怎么样了？我还活着吗？如果还活着，那就还有很多事等着我去做。现在可不是悠闲睡大觉的时候。

我用这滚烫的心，大声叫喊着。

醒来。

醒醒，醒醒。

快醒来啊，快醒啊，醒啊！

◀◀

"啊……"

在摩天轮座舱接近顶部时，胸口的热气忽地消失了。

不知是不是心理作用，金色的风景也似乎黯淡了。他总是这样，突然消失。

我擦去眼泪，在只有我一人的座舱里，轻轻抚摸着他触碰过的脸颊和头发。

从摩天轮上下来，我意外地碰到在外面散步的绘里和亚子。绘里看见我，高兴地咧嘴笑了。

"噢，丢开女生的友谊跑去约会的叛徒原来在这里呀——嗯？葵花你怎么了？"

也许是被我红红的眼睛吓了一跳，绘里走过来，轻轻地揉了揉我的后背。

"他对你做什么讨厌的事了？要我去狠狠揍他一顿吗？"

我摇摇头。绘里的温柔让我的眼泪又流了下来。

"怎么办？绘里，我……"

"嗯，你说，我听着呢。"

我把额头抵在她的胸口，绘里温柔地搂着我的肩。

"我喜欢他喜欢得过头了，好难受。"

绘里笑了笑，轻轻地拍了拍我的头。

"是吗……那不是很幸福的事吗？"

"是吗？"

"嗯……话说。"

绘里把手从我的头上拿开，"你把我们晾在一边，还好意思在这儿炫耀——！"

说着她把手插到我的胳肢窝下用力挠了挠。我忍不住笑了出来。

"就罚葵花请客吃可丽饼！"

"好好好，快放开我！"

周日的傍晚就这样过去了，留下一些繁芜复杂的情绪。

▶▶

仿佛突然从黑暗的海底浮出水面，意识在灯光下苏醒。

我睁开眼睛弹起上半身，发现自己在一个貌似病房的房间里，我就躺在房间最里面的床上。外面大概是傍晚时分，房间里除了日光灯，还有橙色的光线照进来。

左胸的心跳告诉我，我似乎还活着。

"……起来啦。"

听到女人的声音，我向身后看去，几天前才见过的那个人站在那里，依旧一脸不悦。

"绘里！？"

她有些尴尬地把视线从我身上移开，注视着窗外，说道：

"抱歉，为了确认你的身份，不得不看了一下学生证和保险证什么的。当然，不是我擅自看的，是和医生一起。"

难道，是她救了我？

"你叫八月朔日行兔啊，名字挺奇怪的。"

眼前的人说话毫不客气，不似梦中那样友善，大概因为我不是葵花吧。还是说过去这几年改变了她？

"你没醒的时候医生来检查过，没发现什么异常，说你身体非常好。真是谢天谢地。"

"那个，谢谢你救了我。"

"……我只是不想让人死在我面前。"

"虽然这么说，但你还是救了我。"

绘里叹了口气，低下头似乎盘算着什么，然后严肃地看向我，说：

"你……莫非就是葵花嘴里的'兔子先生'？是吗？"

身体像是遭到了电击。

"你知道！"

我从床上探出半截身子问她。她从后面的架子上拿起一个东西递过来，是我先前挖出来的葵花的时空胶囊罐子。我颤抖着接过。

"明明昏过去了，却还紧紧抱着这个，急救人员费了好大劲儿才拿下来。"

我失去意识前，这个罐子应该掉下去了。可能是葵花调动我的身体，把它捡了起来。

"虽然有点不礼貌，不过这个我也打开了……是我擅自打开的。啊，不过我没看里面的东西！"

在绘里的催促下，我打开罐子。里面是个没有任何装饰，也没写任何字的西式白色信封，和梦里看到的一样。我拿出来，翻到背面，粉红色墨水写下的小字出现在眼前。信封的右下方是她的名字"铃城葵花"，而左上角写着，"给兔子先生"。

我惊讶地抬头看向绘里。

"上初中的时候，我们朋友之中流行买些好看的凸版胶印信纸给喜欢的人写情书。当然了，信是不会给出去的，大家都没那个勇气。不过就算给不出去，大家带来学校叽叽喳喳地讨论一番也很有趣。……葵花也在其中，虽然她红着脸说自己没写，但其实她也偷偷地写了……我很确定，因为她很喜欢那支粉红色凝胶墨水圆珠笔，经常用它。"

葵花在时空胶囊里放的，是她初中的时候写给我的信。

"打开看看吧。"绘里说。我拆开信封。里面叠起来的信纸也是白色的，一如她的性格。我小心翼翼地展开，里面是葵花那一行行整齐漂亮的字，用黑色墨水写的。

兔子先生，敬启。

你好吗？我还不错。

因为我们朋友之中流行写情书，所以我也写了一封。

可是，我和她们不同，我不怎么了解这封信的收件人。

原因是，你一直都在我的心里。

（啊，写成这个样子，有点像那种肉麻的诗歌。）

不过真的，从小你就不时出现在我的身体里，

守护着我，这让我觉得不可思议。

我很高兴，因为你每次来，都会让我心里暖暖的。

不愉快的时候，孤独的时候，你的存在总能安慰到我。

我想温暖似乎有些孤独的你，也想继续被你的存在温暖。

……咦，情书里应该写点什么呢？

算了不管了，反正这信你也看不到。那我想怎么写就怎么写喽。

希望总是在静静哭泣的你，有朝一日能绽放笑脸。

虽然你的声音、相貌、名字，我一概不知。

可是不知从何时起，当我意识到时，它已经自然而然地发生了。

我有一种强烈的感觉，

兔子先生，我喜欢上你了。

从过去到现在，一直喜欢。

可能，往后也会一直喜欢。

希望有一天，能见到你，与你一起欢笑。

看完后，我小心翼翼地把信按原样折好，塞进信封，然后双手捂住脸，细细咀嚼着这近乎痛苦的爱意。

一如我思念着她，她也一直惦念着我。而且在我们于梦中相见之前就……她想见我……

自从父亲离家，我一直对自己的存在缺少认同。而她让我有了一种自己被允许存在于这个世上的感觉。这种感觉带着温度，从胸口传遍全身。

"嗯……我理解你的感受。"

绘里的声音带着一些焦虑。

"可光哭也无济于事啊……唉，怎么办呢，你要振作起来啊。"

我注意到她在担心我，心里好受了一点。

"昨天还把我拒之门外，今天倒挺友善的。"

我把捂着脸的手放下，微笑着说。绘里的脸变得通红。

"喂，你没有哭啊！骗子！"

"啊哈哈哈，我可没有骗人。"

"昨天也太突然了，你那态度对于第一次见面也太没礼貌了，我觉得你很奇怪，所以露出了敌意……抱歉。"

绘里似乎不再叫我"你这人"了。

"而且，现在我知道你和葵花的关系了。"

"嗯？可你不是说，她不是你的朋友吗？"

"那是因为……"

我看见她的眼中泛起泪花。晚霞透过窗户照进来，映得那泪光闪烁着暗红。

"因为……"

绘里双手捂着脸，掩去她溢出的泪水。我听见她颤抖的声音：

"如果是好朋友，那她怎么什么都不和我说，为什么一声不吭就走了呢！留下的人多难过、懊悔和孤独啊，她怎么就不想想呢？"

绘里抑制不住情绪，蹲下来放声大哭。

原来是这样啊。

我松了口气，心里有点高兴。葵花，你听到了吗？你的好朋友没有讨厌你哦。她现在依然很喜欢你。

我下了床，蹲在抽泣的绘里跟前。

"虽然没你了解得多，可我也是知道葵花的……她一直都把你当作最好的朋友。"

绘里抬头看着我，皱了皱脸，又继续流泪。她就这样蹲在地上放声大哭，像是要把以前积攒的太多不满和疑惑全部释放掉。

等她平静下来后，我走出病房去缴费，见到账单的那一刻我睁大了眼睛，还以为是多打了一位数。钱包里的现金完全不够，我正着急该怎么办时，绘里出来帮我垫了一多半。"过几天还我。"她毫不客气地说，似乎是为了掩饰自己的难为情。我朝她深深鞠了一躬表示感谢。

出了医院，天已经黑了，雨也停了。夜空中繁星闪闪，我已经很久没看见过星星了。绘里说要送我到车站，我们走在路上，我开口问：

"那个……绘里？"

"干吗？"

"刚刚你说，葵花什么都不和你说……"

"嗯。"

"我觉得，葵花她……有可能是被害死的。"

绘里一言不发地看着我。

"她不是那种会寻短见的人，你不觉得吗？"

"……我一直都这么想。不过后来我听说，葵花受了一些刺激。"

她低下头，紧紧攥起拳头。

"确实有这种可能……不过，她也说过，活下去就会有更多好事发生的。"

"这倒像是葵花会说的话。"

"所以，如果你发现了什么，还请告诉我。"

绘里的呼吸停顿了几拍，似乎在思考什么，随后开了口：

"说起来，星野老师好像偶尔会开车送她回家。"

我咽了咽唾沫。难道和星野老师有关？我想起那天和葵花在饰品店，她不经意间叫出了星野老师的名字。

"那个，星野老师是我们高中临时的数学老师，长得很帅，女生都对他特别着迷，不过也有些不好的话传开。唉，也有可能是受到女生冷落的男生在造谣吧。"

"什么不好的话？"

"说他带女孩回家，然后……就做些不好的事呗。而且，不止一个。"

"……有这种事啊，谢了。"

绘里急忙又说。

"毕竟只是传言，你可别因为这个做什么奇怪的事啊！"

"哈哈，不会啦。"

终于到了车站，我跟绘里道了几次谢。"行了行了。"她似乎很不好意思。

正准备说再见，我突然想起来一件事，于是叫绘里在这里等等我。我跑到便利店，在 ATM 机上取了钱，把医院的花费还给了她。还好想起来了。可能以后再也见不到她了。绘里有点吃惊，笑着接过去，说："干吗这么认真啊。"

等绘里的背影消失后，我上了电车。不知为何身体很疲惫。

今天与其说是睡了大半天，不如说是昏迷了半天，我甚至觉得，等回了公寓钻进被子里又能立马睡着。

在乘客稀稀拉拉的车厢里坐下的时候，眼泪不受控制地从眼眶滑落。我正想是怎么回事，就马上在微微的眩晕中反应过来。为了不引起其他乘客怀疑，我从座位上起来，倚门站着，装作看外面的样子借着门挡住脸，小声说：

"葵花，你在吧？"

（嗯。太好了，原来绘里不是讨厌我，太好了！朔日，谢谢你。）

葵花流着泪，颤抖着声音重复了好几遍。我看到车窗玻璃的倒影里，她温热的眼泪顺着我的脸颊淌下。

"嗯，是啊……不过，你都听到了干吗不出来？"

她轻轻地摇了摇头。

（不行，要是像上次那样吓到你就不好了。）

"不会啦。"

（嗯嗯，果然还是让你知道我的存在比较好。）

扑通，扑通，她的心脏欢快地跳着。

（信，你看了吧？）

"……嗯。"

（啊啊，太害羞了。我写的时候没打算给人看来着。）

咚，咚，咚，心跳加速。身体开始发烫。即使内心不相通，但我们有着同样的心跳。就算不说，你也应该知道我的心意吧？

（当时，我根本没想到会有这么一天……）

即使知道，人还是会想要确凿的证据，想要对方用言语和态度进行表达。

（喂，朔日你也喜欢——）

胸膛下的跳动加快了。舒适的，几乎让人沉醉的甜美心跳。我，我，也喜欢——

可是现在……

如果把话说开，我必定会对自己的生命生出许多留恋，会依赖着现在的你。可那是对你悲惨命运的放任。

"葵花，听着。"

我咽下苦涩，打断她说：

"我想再去和星野老师谈一谈。"

（欸……）

葵花提起视线，看着玻璃窗上我的影子。你眼中的我，究竟是怎样的呢？

◀◀

周一，早上。小雨。

在家里玄关处，我穿上星野老师给我买的深棕色乐福鞋，心里乱糟糟的。没事的，一定会顺利起来的，我暗示自己，然后打起精神出了家门。

我像往常一样和绘里结伴上学，并在鞋柜那里换上塑料袋里装着的室内鞋，又把脱下来的外穿鞋装了进去。

然后从包里掏出一封信，放进什么都没有的鞋柜里。信封上用一行小小的字写了"给藏我鞋子的人"。在这封对折叠起的信里，我写道："如果我的言行给你造成了不愉快，我向你道歉。不过你这么做并不能解决什么，希望我们能谈一谈，请你放学后来学校中庭。"

这么一来，万一来的是个特别可怕的家伙该如何是好。万一被一群人围住了该怎么办。不安和恐惧再次爬上心头，我做着深呼吸，试图赶走这种情绪，心里默念着"顺其自然，顺其自然"，然后朝还在等我的绘里跑去。

上午的课结束了，午休时间我去检查鞋柜，发现里面的信已经不见了。应该收到了吧？我更加紧张了。

下午的数学课是星野老师的第一节课。不过他看起来并不紧张（反倒是同学们一个个很紧张的样子），他和颜悦色地做了自我介绍，中间还穿插着笑话，教室里的气氛就这样缓和下来，课程在欢乐的气氛中顺利进行到最后。我心想，虽然他只是临时的代课老师，可却是个非常会当"老师"的人呢！这么想好像有点自以为是。还是说，这个好老师的形象也是他装出来的？如果真是这样，那这个人也太厉害了。

铃声响起，下课了。活泼的女生们都围到星野老师身边。我在自己的座位上有意无意地看着这场面，老师一边温柔地回应着她们，一边却看向我。我们的视线撞个正着，我慌忙把目光投向窗外。

放学后。

我怀着紧张的心情快步朝中庭走去，因为还下着小雨，我撑着伞站在中庭正中的喷泉旁。从我入学起就没见这个喷泉开启过，原本白色的喷泉如今满是绿苔和泥土，完全瞧不出原来的样子。庆幸的是，因为下雨，中庭除了我没有别的学生了。

我做了好几次深呼吸，想要将悄悄爬上心头的不安和恐惧赶走，这时，通往中庭的一扇门开了。心脏怦怦地不停击打着胸腔，我看向那里，结果走出来的，是和我同在戏剧部的一年级的——

"冈部同学……？"

她撑着伞沉默地走到我面前，站住，什么都没有说，低下了头。

身材娇小，戴着墨绿色眼镜，黑色波波头遮住了脸。因为班级不同，我们几乎没有说过话。在社团活动中，她是负责灯光和音响等幕后工作的，几乎不与人往来，我还以为她比较喜欢独处。

"……冈部同学到这里来，也就是说……你藏了我的鞋？"

她犹豫地动了动嘴，然后默默点了点头，始终没有看我的眼睛。

"往鞋里放图钉的也是你？"

她皱了皱眉，没有拿伞的那只手捂住眼睛，肩膀抖动着。细白的手指缝隙间传出颤抖的声音。

"对不起，我真的太过分了。"

有了这句话，束缚着内心的紧张和不安快速被打消。揭开面纱，威胁我的不明恶意下，是一个和我同龄的微微颤抖的女孩。

为了一吐心中挥之不去的苦闷，我说：

"……我又难过，又害怕，又气愤，不过既然你道歉了，我也会努力去原谅。那你能告诉我为什么要这么做吗？如果我有什么不对的地方，我也会道歉并改正的。"

冈部放下那只捂脸的手，看着我。她眼睛通红，脸上还留有泪痕。

"……铃城同学好像和星野老师走得很近，我特别讨厌。"

"欸？"

意料之外。因为我完全没觉得有这回事。也许是读懂了我的心思，冈部眼中出现一丝不满，她继续说：

"开车一起回家，借伞给你，两个人在走廊说话，不是吗？"

"那是因为我的雨伞不见了，正苦恼怎么回家时老师恰好过来，根本没有走得近好吧？"

"可是，他摸了你的头发，你们难道不是在交往吗？"

这句话让我的脸颊开始发烫。原来那天的事情她都看见了。

"那只是老师单方面的行为……我的意思是，我一直都有喜欢的人，你能相信我吗？"

"是吗？"

她用一种哀求的眼神看着我。这个并不怎么显眼的女孩，身上却有种让人想保护她的可爱劲儿。

"是啊。我和星野老师之间什么都没有，你放心吧。冈部同学对星野老师有好感？"

听到我的话，她红着脸点了点头。

"在他当老师之前就……"

"欸，你们之前就认识吗？"

"我哥哥在剧团，我偶尔会去帮忙，于是认识了他。"

多半是冈部因缘际会在剧团认识了星野老师，两人经常说话，星野老师又对她很温柔，所以冈部彻底迷上了他。她说老师大学毕业就退出了剧团，见面的机会少了，正当她为此难过时，得知他要来自己的高中当老师，简直又惊又喜。再次遇到自己仰慕已久的人，可他却被其他女孩子环绕着，冈部想必吃了不少醋。

"可你给我使绊也解决不了任何问题呀。"

她又是一副要哭的样子，低下了头。

"真的对不起，我没办法控制自己的情绪，失去了理智。"

是啊，情绪是怪兽，一旦失控人就可能做出一些连自己也意想不到的行为。我也要小心。

冈部放下背包，拉开拉链，取出一个包着塑料袋的东西递给我。我接过来看了看，里面正是我丢失的那双乐福鞋。她竟然好好收着，我松了口气。

"谢谢。"

我微笑着道谢，冈部摇了摇头。

"你会，原谅我吗？"

"当然不会……你知道我有多难过和害怕吗？"

"对不起……"

她眼里又泛起了泪花，似乎很懊悔，而且鞋子也还给我了，差不多就这样吧。

"那你能答应我一件事吗？你答应了我就原谅你。"

"嗯……嗯，如果我能做到的话……"

"你做我的朋友吧！"

冈部的眼睛一下子亮起来。

"嗯？嗯！可以吗？！"

"那你答应我，即便很嫉妒，很痛苦，也不要背后给人使绊子了。"

"嗯，我答应你。"

"还有，现在你们是师生，不可以有什么，等毕业后如果你还喜欢他，一定要好好告诉星野老师。"

"嗯……我会的。"

她紧紧握住胸前的拳头。应该是个内心不坏的女孩吧？

和好后我们一起去参加社团活动。因为迟到，跟社团负责人道过歉之后，我们换上体操服开始两人一组进行拉伸。星野老师还没来。

▶▶

周一到了学校后，我马上问了前桌的朋友。

"嘿，问你个事儿。星野老师是不是有什么黑料啊？"

小河原转过来看着我，眼神似乎在看什么不可思议的东西。

"怎么啦？朔朔你还打听别人的事情啊，真稀奇。……不对啊，你的脸怎么有些不对？"

"欸？是吗？"

"嗯，以前是那种心不在焉的神情，好像只会看远处的某个地方，但现在看起来很敏锐，仿佛在盯着不远的将来。"

被他这么一说，我才意识到小河原竟然这么了解我，真不错。

"嗯……最近发生了一些事。"

"这样啊，我觉得挺好。那个，我确实听到了一些星野老师的传闻，不过大部分好像都是男生故意散播的，想让星野这只股票跌下来罢了。不过，星野的迷妹们似乎不买账。"

绘里也说了类似的话，看来所有学校都一样。

"不过，有一个还是有点可信的。说是他在和一个女大学生交往，那人是他以前的学生。"

毕竟是传闻，看来有用的信息不多。我暂且跟小河原道了谢。

"这样啊，谢了。"

"没事。不过上周五你怎么了？感冒了？"

"欸？啊啊。"

发生了好多事，我都给忘了，说起来，上周五请了病假。在那之后，我去了梦里看见的捐献心脏给我的那个女孩家里，还在她家过了夜。然后我径自到了她朋友家，结果被威胁说要叫警察。之后又去埋了一个时空胶囊，并在第二天挖了出来。我失去了意识，在购物中心约了会，在医院与朋友和好，最后回了家。可这些事，我怎么可能和他说呢？

"嗯……发生了很多事，累死我了。"

我已经做好被盘问一番的准备了，但小河原挑了挑眉毛，嘀咕了一句"哦……"，然后扬了扬嘴角，说"好吧"。他对我竖了竖右手的大拇指，就转回了黑板那边。我有点扫兴，但转念一想，他可能是有意不过多打听吧。我不禁心生感激。

不经意地看向窗外。一束晨光撕开厚重的雨云，一泻而下。

午休时间我来到教员室，但是没有看到星野老师。我找到班主任，向他了解了一些星野老师的情况。班主任似乎与星野老师关系不错，爽快地告诉了我一些他的经历和兴趣爱好，也许是对我这个平时不合群的人如此积极感到开心。

虽然在数学课上见到了老师，但下课后他身边围着一群女生，不太能和他说得上话。放学后，我再次来到教员室，终于抓到了星野老师。

"嘿，朔日同学，怎么了？身体好点了吗？"

老师坐在自己的椅子上，笑容柔和地看着我。桌子上放着参考书、问题集等各种资料。

"已经没事了。不过，有些事想和您聊一聊，您方便吗？"

听到我这么说，老师好像很高兴。

"哦？学习上的事吗？"

"不，是铃城葵花的事。"

有那么一瞬间，老师的笑容似乎凝固了，或许是因为我已经对这个人产生了怀疑，又或许是因为我出奇地平静，以至于注意到了这细微的变化。

"啊啊，你们以前通过信是吧？"

"……嗯。这里有点吵，我们能换个地方聊一聊吗？"

"约会吗？可是我的时间都被约满了呢——"

"抱歉，我是认真的。"

我打断老师的玩笑话，声音竟比想象中大。眼角的余光看见周围的老师都悄悄看向这边。也许起作用了，星野老师耸耸肩说：

"明白了。不过我得准备明天的资料，还得去戏剧部看一眼。如果你要说的比较多，可以结束后再聊吗？就是时间有点晚了。"

"好，我等您。"

我鞠了一躬，走出教员室。无论是自杀还是他杀，在我梦中的那个过去的葵花失去性命之前，我必须不惜一切代价去阻止。为此，我需要了解更多情况。到底是什么驱使她走向死亡？

左胸口一阵针刺般尖锐的疼痛，我皱起眉头，好在疼痛很快就消失了，我松了口气。要是在学校里晕倒就麻烦了。

放学后，走廊上挤满了要去参加社团活动的人，快步走路回家的人，还有喜欢聚在一起聊天的人。耳边传来铜管乐队练习小号和长号的声音。今天下着小雨，却依然能听到田径队的口号声，应该是在操场上跑步吧。

这里的每一个人，都生活在一个叫作"青春"的时代里，他们尽情讴歌着它。而我没有这种热情。葵花呢，则是自己撒手不要了，又或者是被剥夺了。我长吐一口气，走过走廊时，感觉到轻微的眩晕，脑海里响起一个声音。

（喂，朔日。）

"葵花，你醒啦。"

她借我的身体点了点头。

（朔日，要是我说错了你别介意……）

"嗯？"

（难道……你想改变我的过去？）

我不觉停住了脚步。不知该如何回答，可我的反应分明已经是无声的答案了。

（你想要救我，我很开心……可你的身体里有我的心脏，不是吗？）

左胸不安地跳动着。虽然没有直接告诉葵花，但她醒着的时候肯定会注意到什么，这事没法隐瞒。

"……嗯。我移植了你的心脏。"

（那好，如果过去改变了，我活了下来，朔日你会怎么样？）

葵花果然还是想到了这点。她那么善良，绝对不能让她察觉到我的意图。

"……我，不知道，不要想这个啦。"

（不行啊！必须想清楚！如果我活下去的代价是你死掉的话，我可不要。）

别这么说啊。

我把目光转向走廊的窗户。从二楼往下看，放学回家的学生的雨伞像河面漂浮的花朵般盛开，校园里的紫阳花在雨中摇曳。

"我不觉得自己的生命有什么价值。你给了我生命的根基让我活下来，可我依然觉得自己是为了你的心脏而活着。"

肺部感受到她的叹息。

"可是，要我说自己生命的价值是什么……那么，救下过去的你就是我生命的价值。这是只有我才能做到的事，我现在甚至为自己的生命能做到这一点感到自豪。"

左胸传来钻心的疼痛，是你的感受吗？

"所以，就让我来救你吧。"

眼前的景象开始变得模糊、晕开，一滴泪从眼中滑落。

（……梨枣之后，黍粟继之，葛藤枝蔓总相逢——）

葵花哼唱着她喜欢的歌。接着，她用颤抖的声音说：

（我之前，想好好地作为"我"，和朔日你见面。仅此而已，怎么就变成了现在这个样子？）

两滴，三滴，葵花掉着眼泪。不要哭啊，葵花。

"这么说可能不太合适，但如果没有这件事，我们就不会相遇，也不知道彼此的存在，就这样活下去，然后死掉，对吧？"

我用手擦去她的眼泪，继续说：

"可是，这件事让我认识了你，你也认识了我。我们之间有了联系。而我可以凭借着这联系去救你。我觉得这是非常美好的命运。"

遮蔽天空的云层稍稍破开，带着夕阳色调的光梯自雨幕之上倾泻而下。难怪过去人们觉得那里有神的存在……

"就算你活下来，我也不一定会死。到那时我去找你哦。如果我不能动了……"

多么绚丽又神秘的景象。

"那你就来见我吧。"

葵花郑重地点点头。

（嗯，说好了。我一定、一定去见你。）

我们还一次都没有以"我们"两个人的样子见过面。不过——

我继续迈起脚步，哼完了葵花唱起的那首歌。

"——就如你我，别离后，葵花开时，与君逢。"

我们一直期待着，相逢的那天。

◀◀

我正为秋季表演会排练剧本，一簇温热像往常一样毫无征兆地出现，就像在胸中点起了一盏明灯。

"啊——"

不经意间出了声。朔日来了。我特别开心，可惜现在正在排练，没办法和他说话。

戏剧部没有专门的练习室，我们把一间空教室的桌子拉到一边，充作观众席，然后在空出来的地方练习剧目。现在不到我出场，我只是在看高年级的同学表演。

"铃城，你怎么了？"

一旁正在剧本上标注播放背景音乐时间的冈部看着我说。

"啊，不是，没什么。"

我匆忙掩饰。就算告诉她我喜欢的那个人来了，她也只会觉得我不正常吧。

朝日好像明白现在的情况，所以沉默着。不过他现在的确在我的身体里。我看到的，听到的，触摸到的一切，他都能感受到。我焦躁地看着戏，心脏扑通扑通跳得越来越快。就在这时，教室的门开了，是星野老师。左胸下的心脏怦地一跳。我看见旁边的冈部蜷缩起了身体。

老师小声说了句"继续吧"，然后背靠墙，抱着胳膊看大家表演。老师之前参加过剧团，提出的建议很有针对性和说服力，似乎已经完全获得了戏剧部成员的信任。

演完一幕后，部长拍手示意，以此代替打板。戏剧部的负责人田中学长身兼多职，他既写剧本，又要演戏，还得当导演。有一部分原因是部员太少了，分不过来。

星野老师直起身子，对刚刚的那场戏做出点评。

"嗯，大家表现得都很不错。台词确实记在脑子里了，情绪也驾驭得很好。不过，总的来说，要注意把语速放慢一点儿。可能自己觉得速度正常，但如果客观地在旁边看一看或听一听，就会发现实际上比自己想的快得多。可以的话，试着通过录音或录像记录下来，回头再看看。"

"明白了。老师的建议很好，我们这就试试。"

田中学长说完就从自己包里掏出手机，一番操作后递给了我旁边的冈部。

"冈部同学，可以麻烦你吗？"

"啊，好的。"

冈部简单地问了问如何操作，然后就举起手机。一想到会被录下来，我觉得有点尴尬，可转念一想，如果连这个也克服不了，那还怎么上台啊。于是我就这样心里装着朔日，站起来准备上场表演。

社团活动解散后，我和冈部道了别，走出教室。到了走廊上，我立马用手捂住嘴说：

"朔日，谢谢你没有说话。"

（没事。葵花，你的演技很好欸。）

"没练好呢，还差得远。"

（不过你刚刚拒绝了那个女孩，没关系吗？）

活动结束后，冈部邀我一起回家，但我想早点和朔日说话，所以谎称有事拒绝了她。一边说着要跟她做朋友一边又拒绝她的邀请，确实不大好。可我又想珍惜和朔日在一起的时间，毕竟不知道他下次什么时候来。

"没事，我明天会和她道歉的。啊，朔日你看，买的手机壳装上了。是不是很可爱？"

我从包里掏出手机，举到眼前。手机的外面套着一个长着软蓬蓬兔耳朵的手机壳。

（啊，啊啊，是呢。那个，昨天买的？）

"是啊，嗯？你忘啦？！"

我噘起嘴说。他打岔似的笑着："我经常迷迷糊糊的……"

说起来，去埋时空胶囊的那天也是这样，有点奇怪。那天他问我，当天是星期几。要是过着正常生活，应该不会忘记周六这种日子吧？

虽然说不上来，但总感觉他有点不对劲。

（……那个，葵花，我现在要说的话可能有点奇怪，但能请你好好记在心里吗？）

"欸？嗯！你说。"

我走到鞋柜前。说起来今天有两双差不多的乐福鞋，该穿哪双回去呢？

（将来无论遇到多么难熬的事，都不要放弃自己的生命。）

"欸？"

（还有，如果有人要伤害你，就马上跑，然后叫我……不对，叫警察。）

这不是理所当然的吗？他在说什么？我潜意识里的一些疑问此刻正像拼图一般噼噼啪啪地拼到一起。

为什么朔日会出现在我的身体里？

又为什么总是在白天？

他为什么担心我的安全？

为什么问我今天是星期几？

为什么无故让我去埋时空胶囊？

为什么那天嘀咕着要"保护我"？

为什么昨天我说要交换电话号码，心脏就开始发痛？

（葵花……？你怎么了？）

见我呆呆地站在鞋柜前一动不动，朔日担心地问道。

"那个，朔日，我也想讲几句奇怪的话。"

（欸？什么？）

我微微一笑，立场瞬间逆转了。

我试着用戏谑的口吻，说出了脑海中得出的玩笑般的结论。

"朔日，你是未来的人吗？在你那里，我是不是已经死掉了？"

他猛地倒吸一口气，与此同时，我胸口的温热也消失了。

▶▶

听到铃声响起来的时候，我发现自己在高中教室里，而不是葵花高中的鞋柜前。

我本想着在星野老师的社团活动结束之前在这里打发时间。

结果好像不知不觉中趴在桌子上睡着了。

"朔日，你是未来的人吗？在你那里，我是不是已经死掉了？"

葵花最后的话还在耳边回响。本以为自己一直很小心，不会让她知道自己的结局。这次是不是我太着急了？

算了，这样也好。如果她得知这件事，并且命运因此改变，那再好不过了。

不过现在，有更重要的事。

哗啦一声，我从椅子上站起来，拿起书包冲出了教室。

我在教员室前的走廊上等着，发现就算放学的铃声响过，学校里依然有很多人。那是铜管乐队吗？他们跟一位看起来像顾问的老师打过招呼，高兴地下楼去了。那肩上挎着的包里装的是珍贵的乐器吧？我把右手放在胸前，确认了一遍自己弥足珍贵的心跳。

没多久，我看见星野老师从楼梯上下来。

"啊，朔日同学，你一直在这里等我吗？抱歉，让你久等了。"

"没有，是我自己要在这里等的。"

老师说要去拿一下东西，就进了教员室，大约一分钟后出来时，右手提着一个看起来很沉的黑色商务包。

"你想找个安静的地方说话是吧？虽说这个时间学生该回家了，不过今天，我就破例行使一下教师的特权吧。"

老师调皮地笑着，把食指举到嘴边，示意我保密。我看到那根手指上挂着什么东西，发出叮叮当当的声音。原来是把钥匙，在走廊的荧光灯下发出银色的光芒。还有一块写着使用地点的小牌子，是"天台"。

"欸？到天台上去吗？下着雨呢……"

"朔日同学没注意到吗？雨早停了。而且今天，是满月呢。"

我跟在老师后头上了天台。如他所说，雨已经停了。风裹挟着将晚的暮色，凉爽宜人，全无平时的闷热。太阳此刻释放出暗沉的红色光芒，不久就会在远处的房屋后落下。再有几分钟，黑夜就会覆盖整个天空吧。

"听说这叫'草莓之月'。"

在天台正中间抬头望着天空的老师说。我也跟着他看向天空，一轮带着微微红光的月亮，轻轻飘浮在傍晚天空的云隙间。

"草莓吗？"

"戏剧部的女孩说，这是六月时分的满月的别称。之所以这样叫，好像是因为，在美国，它出现时正好是草莓收获的季节。不过，比起这个，女孩们似乎对'和喜欢的人一起看到它就能永远在一起'的传言更感兴趣呢。"

他朝我耸了耸肩。

"没想到我竟然和一个男生一起看，哈哈。"

"是吗？……老师，我们聊聊铃城葵花的事吧。"

我不想和老师继续闲聊，于是打断了他。老师又笑了起来。

"你性子可真急。想问我什么？我也不知道有没有可告诉你的，毕竟我和她有交集是好多年前的事了。"

怪异的红月投下的光在老师脸上形成浓重的阴影，那脸上浮现出某种经常在教室表现出来的假面微笑。

"嗯。那个……之前您告诉过我，她是自尽的。"

"……嗯，真的很遗憾。"

这毕竟不是可以笑着谈论的事，老师收起笑容，声音低沉地说。

"真的是自尽吗？"

我的话让老师的呼吸漏了一拍。

"怎么说？"

"我昨天和她的一个好朋友聊过。她说葵花不是那种会自己结束生命的人，我也这么想。"

"是不是有什么连朋友都不能说的烦恼啊。我也是后来才知道，好像有人在背后给她使绊子。"

"听说星野老师开车送她回过家。"

黑暗中，我看到老师挑了挑眉毛。我凝视着他，不错过他任何一个反应。

"嗯，确实有这么回事。她的鞋子丢了不知道该怎么办，所以我开车载她回家的。……欸，怎么回事，难道你怀疑我？"

老师摊开手，轻轻笑着，打趣似的说。

"不，不是的，我只是想知道真相。"

"真相也好，什么也好，她都是自尽的。不是吗？如果是谋杀，那警察应该早就在调查了。"

"老师，你知道吗，她不是自尽后当场死亡，而是未遂，变成了脑死亡。"

老师的表情没有任何变化，不对，也可能是不能有变化。

"葵花脑死亡的状态下，器官还存活着。由于她做过器官捐献的志愿登记，她妈妈决定尊重她生前的意愿，捐献她的器官。"

一阵风吹过，云在夜空游走。满月躲在云层后，夜色似乎更浓了。

"当时，我患上了一种叫作限制性心肌病的心脏病，和她适配成功后接受了移植手术，换上了她的心脏。我的胸口至今还有手术留下的疤痕。"

老师一言不发，我压抑着疯狂的心跳继续穷追猛打。

"还有，老师你知道吗？移植的心脏有时会保留原主人的记忆。"

我并不知道梦境的下文，这不过是我用来套话的虚张声势罢了。在微弱的月光下，我看到老师在舔嘴唇，那是心理上感到压力和紧张的表现。

"啊？还挺有意思的。"

也许是云散开了，月亮再次放出光芒。老师低着头，眼睛藏在黑暗中，嘴角却诡异地上扬着。我的眼睛紧紧盯着他。

"真是不可思议啊……人不就是由水和蛋白质组成的一坨肉吗，对吧？"

老师一边突兀地说着，一边迈开了步子。我所站的位置，离天台的门只有几米，可他却慢慢地画着弧线朝我走来——

"那为什么，有些蛋白质会无可救药地关心别的蛋白质，为什么那么迫切地想要得到，又为什么在失去之后痛得心碎呢，为什么……"

然后，老师站到了我和门之间，仿佛要切断我的退路。

"把那些蛋白质的存在和回忆当作情感支撑就此活下去这种事，我一直都无法理解。"

我不知道他想说什么，只感到一种深不见底的黑暗一般莫名的恐惧。

"那么，组成那颗心脏的蛋白质的记忆，是怎么跟你说的？"

星野老师抬起头，看着我。在渗血似的月光下，那张俊秀工整的脸上浮现出比面无表情更让人感到冰冷的微笑。

◂◂

我把脱下来的室内鞋放进鞋柜，从塑料袋中拿出冈部还给我

148

的鞋子，穿上。心里泛起一阵莫名的不安。

总之，真相要等朔日下次来的时候才能知道。不过，从他最后的反应来看，似乎不像是假的。

朔日是从未来进入到我身体里的。而在那里，我似乎，已经死了。

怦怦，心脏跳得很不安。

我不知道那是多远的未来。但如果真是这样，那他之前说的距离太远很难见面，还有昨天拒绝和我交换电话号码的事，就都说得通了。如果时间不同，就不可能发短信、打电话，也不可能见面。

泪水突然从眼中滑落。

根本不可能见到他了。

这个事实，好残酷啊。

埋下时空胶囊的那天，我们坐在河边的长椅上，谈论着小学和初中时流行的东西，当时觉得我们之间像是有几年的时间差，我还以为那是地域不同的缘故。

是我想多了吗？这是青春期大脑产生的幻觉吗？尽管如此，这个假设还是冷冰冰地解释了所有的问题。

我，在不远的未来，死了。

朔日生活的世界里，没有我。

我似乎明白了，自幼就在我身体里的他，为什么一直看起来那么寂寞，眼泪又掉了下来。

继续在这里，会有其他学生来的。不想让别人看到我现在的样子。我呜咽着，撑起伞走到外面，天色已晚。细密的雨点打在伞上，发出吧嗒吧嗒的声音。

我想见你。真的想见你。我一直这么想。而且，我以为只要等下去，总有一天会成真。

"呜，唔……"

可是，已经不可能了。

我不可能见到喜欢的人了。我，死了。

"呜……"

泪水不断从眼里涌出。

一直，喜欢他啊。一直，想见他啊。

太过分了，朔日。如果是一场无法实现的恋爱，为什么要让我喜欢上你呢？又为什么让我心怀期待呢？为什么让我——

人总有一天会死，不需要别人提醒我也知道。可我一直以为那是在模糊的遥远未来，现在还不必去想。我甚至模模糊糊想象着，如果能遇到心爱的人，结婚、生子、一起变老，在家人的陪伴下平静地闭上眼睛，该有多好。在那之前，我想尽情地享受自己想做的事和美好的事物。可是现在……这些都是奢望了。

我顾不了别人怎么看了，只皱着眉头一边哭，一边拖着沉重的脚步往前走。

"喂。"

突然，一只有力的手抓住了我的右臂，我哭着回过头。是星野老师，他撑着之前借给过我的那把深蓝色雨伞。

"铃城同学，怎么了，哭成这样。"

"唔，呜呜，星野、老师……"

"不管怎样，先上车吧。可不能让你哭成这样还一个人回去。"

老师轻轻地拉着我的胳膊来到停车场。我坐过几次的副驾驶的门开了，老师催促我赶紧上车。很快，他自己也坐到驾驶座上，发动了引擎。空调开了，潮湿的空气逐渐被吸走。

"……发生什么事了？"

我无法回答这个问题。他叹了口气，慢慢踩下油门。

"先送你回家吧。"

我冲他点了点头，表示感谢。

车子平稳地穿梭在雨夜中。老师很安静，车里只能听到我的哭声和抽鼻子的声音。我越想压抑，感情的洪流就越汹涌。

越靠近我家，雨点敲打玻璃的声音就越小，到最后渐渐消失了。"雨停了呢。"老师说。我一句话也说不出来。

不一会儿车子就停在了我家门前，老师稍稍探出身，望着没有亮灯的房子。

"家里没人在吗？"

"……爸爸妈妈都在上班。"

"是吗，大概什么时候回来？"

我看了看车里的电子钟。我哭累了，脑子像蒙了一层雾，没能明白老师这个问题的意图。

"妈妈大概一个小时后吧。"

"这样啊。"

说完这句话，老师再次踩下油门。车子缓缓地朝前移动。

"欸？！那个……在家门口把我放下就好了……"

"我们去走走，散散心吧，好不容易雨也停了。可不能让你一个人回黑漆漆的家里。"

说着，老师把车停在不远处的空地上，熄了火。车里安静下来，仿佛一个刚才还活着的、在呼吸的生物突然断了气，变得冷冰冰。

老师解开安全带下了车，没办法，我只能跟在老师后面下了车。雨后的黄昏散发着潮湿的风的味道。

"来吧，走一走吧，公主。别在匆忙中掉了水晶鞋哦。"

老师的笑话，我根本笑不出来。我没精打采地朝家里走去，满眼只有在不远的将来等待我的生命的尽头。

死因是什么？是生病吗？还是意外？应该会很痛苦吧？会痛吗？可怕吗？孤独吗？

在昏暗的恐惧中，我想起了朔日。未来，真的会有那种不可思议的技术吗？能进入过去的人的意识中。……不对，要是这么骇人的事变得理所当然了，那世界会更加混乱吧。如果是这样，那他到底——

"说说吧，发生什么了？"

听到旁边星野老师的声音，我吓了一跳。对关心自己的老师一直这个态度，好像很不礼貌。可我也不知道该说点什么。

"又被人欺负了？如果是，你告诉我，我去找校长谈谈，一定会想办法帮你的。"

我摇摇头。那件事已经解决了。现在我苦恼的事，不是说给谁听就能解决的。

我们走的这条路一个行人也没有，只有住宅的灯光和电线杆上的路灯稀稀拉拉地照在路上。

"……老师你。"

"嗯？"

"要是知道自己在不远的未来会死，你会怎么样？"

星野老师的呼吸顿了一拍，他好像思考了一下。

"很有趣的问题欸，你能看到未来吗？"

"不，我不是这个意思。"

"嗯，如果是我，应该会为知道自己的生命期限而高兴吧。因为在不知何时终结的茫茫人生中走下去，就像被流放到沙漠一样。而且，为了不留遗憾，我会最大限度地利用剩下的时间。……当然了，不知道真正发生这种事的时候还能不能这么积极。"

真是个坚强的人啊，我想。还是说，成年人都这样？

"所以到底发生了什么？我能帮上忙吗？……我。"

老师的脚步声咯噔、咯噔的。

"我是真的，关心你。"

心脏被甜蜜地握紧。眼泪又要流出来了。

直到走到昏暗的家门口，我也什么都没说上来。我向老师低头致谢。

"就到这里吧，谢谢您送我回来。"

"等一下。"

他叫住我，我停下正要走向玄关的脚步。

"还什么都没解决。我不想让你现在一个人待着。离你妈妈回家还有些时间吧？"

"可是……"

昏暗中，我看到老师眯了眯眼睛，看起来很寂寞。

"我啊，因为没能保护重要的人免遭他人的恶意，现在有些精神创伤。"

"欸？"

"所以，虽然是出于自己的原因，但我不想就这样丢下受伤的你。让我和你多待一会儿，好吗？"

看到老师快要哭的样子，我不忍地轻轻点了点头，打开玄关的锁，进了家门。老师跟在我后面进来，脱了鞋。

说实话，以我现在的心情，一个人待在空无一人的家里还真不知道会怎样。如果有人在身边，多少会安心点。

我走进客厅，按下墙上的开关，打开日光灯。灯光闪烁，房间瞬间被照亮，还好没有乱糟糟的。

老师从我身后走进房间，把包放在榻榻米上，注视着十张榻榻米大小的日式房间，说：

"哦，有日式房间啊。榻榻米不错欸，很让人平静。"

"我去沏茶。"

我正要去厨房，老师突然抓住我的手腕。他的力气比想象的还要大，我心里某个角落感到一阵寒意。

"没关系的，不用为我费心。倒是——"

"唔。"

他抓着我的手腕用力一拽，我顿时失去平衡，靠在他身上。他的手立刻搂住我的腰。

"你再考虑考虑，做我的人吧。我不会让你这么难过的。"

"我的人"……这个人看到的，一定不是我。他现在看到的，是投射在他空洞里的孤独倒影。事到如今，我心里的危机感不断蔓延，不该让这个人进来的。

我试图用没被抓着的那只手推开他的胸。

"我说了不行。"

"为什么？"

"我不是说过有喜欢的人吗？"

"那你们顺利吗？"

我答不上来，又一滴泪水从眼里滑落。

"看，很痛苦吧？你需要转换一下心情。"

朔日——

日落时分摩天轮上的约定再次苏醒。

见面吧，他说。

这个骗子。可是……

"即便如此。"

眼泪扑簌簌地滚落下来，我皱着眉头，颤抖着声音喊叫般地答道，"即便如此，我还是喜欢他。无可救药地喜欢。"

老师呼吸停顿了一下。

"我也喜欢你啊。"他喃喃自语。虽然不知道他是不是出于真心，但我脑海中浮现出冈部快要哭的表情。

"……仰慕老师的人有很多，老师跟她们说这些吧。"

"轻易就能得到的东西，我不想要。"

他自言自语似的话令我不寒而栗，被抓着的手腕开始痛起来。

"……对不起，我无论如何也不会属于老师你。"

老师缓缓地吸气，然后慢慢吐出来。我的手腕被放开了。

"明白了，我放弃，对不起。"

老师用轻快的语调说。我抬头一看，他露出自己一贯的笑容。我浑身无力，蹲了下来。这时才终于意识到，心一直在怦怦乱跳。

"这么说有点不好，要我放弃也可以，我有件事想拜托你，可以吗？"

他的语气听起来就像刚才和我的那些对话从未发生过。他走到榻榻米上的提包前，从里面掏出了一样东西，似乎是一副棕色的女士皮手套。

"我认识的一位女性朋友快过生日了，我准备了手套作为礼物。不过我是男人，不知道戴起来怎么样。你的手看起来大小差不多，所以想请你帮忙戴戴看。"

夏天就要来了，送手套似乎有点奇怪，而且让我试戴送给其他女性的礼物，是不是有点不大好。不过，碍于我之前拒绝了他的好意，再断然拒绝也不好，于是我坐在榻榻米上，接过他递来的那副看起来很高级的手套。

我把手伸进去，柔软的里衬轻轻包裹住我的手，暖暖地贴合着。两只手伸进去，轻握手指，能感觉到光滑的皮革阻力很小，非常灵活，是副不错的手套。

"嗯，我觉得还不错。"

"是吗，太好了。"

老师笑着说，又从包里拿出了什么东西。我不禁奇怪，为什么要随身带着这种东西，又为什么现在拿出来？

眼前出现的，是一根插线板的延长线。

▶▶

屋顶昏暗的灯光下，我咽了一口唾沫。我的计划成功了？还是说，我被引到了陷阱里？

"……是老师勒死了葵花？"

"事到如今已经没有办法证明了，当然也没有证据可以否定。"

老师收起笑容，走近我一步。我后退了一步，和他保持距离。

"也就是说，事实已经从世上烟消云散了。你为什么不问问那颗心脏原主人的记忆，是这个叫星野的男人杀了她吗？"

一步，一步。

他走近我，我向后退。这已经……

"如果我已经知道真相了呢？"

"谁会承认这是真相呢？不过是一个有妄想症的可怜年轻人的胡言乱语。"

冰凉的水滴吧嗒一声打在我脸上。好像又下起雨来了。我握紧的拳头在颤抖，不是因为寒冷，而是因为恐惧和愤怒。

"真是不如意啊，朔日。"

老师突然用亲切的声音说道。动作夸张得像在演戏，他说了下去：

"越是想要的东西就越得不到。失去的东西永远回不来。所有的一切都要从这指缝中溜走。生活真是一场不如意啊。"

"你想说什么？"

"我没跟任何人说过，你听我说啊，朔日。我以前有个妹妹。她开朗、温柔，就像春天里的暖阳。"

他用了过去式。我想象着这意味着什么。

"在我还小的时候，母亲就因病去世了，留下妹妹和我在一起，她对我来说是非常重要的家人，可以说是我活着的唯一意义。可是……"

他低下了头。看不见表情。

"我的父亲性情大变，开始对妹妹施暴。他每夜，每夜都会做令人难以启齿的龌龊事。我也是个小孩，被虐待了也根本想不到反抗、报警，只能一天天忍耐。有一天我从学校回来，妹妹在自己的房间里，自尽了——"

时间仿佛停止了，老师平静了几秒。我想象着他说不出口的后续，想象着，那让灵魂扭曲的痛苦。从葵花那里移植过来的心脏开始疼痛，但这并不意味着有任何事会被宽恕。

老师抬起头，贴在他脸上的微笑面具，早已摔得粉碎。

"我啊，一直在想，重要的东西，必须保护的东西，就得放在身边，藏起来，不让任何人伤害。"

他的声音微微颤抖。这个人的阴暗和扭曲，仿佛正从这颤抖中探出头来。

老师用右手痛苦地按住左胸，继续说。

"但是，我想保护的东西！如果不愿意待在我的手里！如果它要变成别人的东西！"

那只手无力地放下，他俯视双手的瞳孔藏在阴影中，看不清颜色。

"还不如让我亲手毁掉……"

"怎么会这样……"

老师步步紧逼，我随着他的脚步一点点后退。退着退着，脚后跟撞到一个硬物，我朝身后一瞥，黑夜的笼罩下，操场在下面张着血盆大口。因为没有防坠落的栅栏，学生不能随意到屋顶上来，所以钥匙是需要借用的吗？我脑海里冒出一些无关紧要的事情。

"我是老师，不是医生。而且我不仅仅是一个老师，我还是一个生了病的老师。也就是说，我，救不了我自己。"

我把脸转过来，瞪着星野老师，一边埋怨自己几分钟前毫无准备就跟着他到了这里。

"跟以前的那些放弃了生命的孩子不一样，你的眼神乍看空虚，可深处又闪烁着对生命的责任。你一定有非活不可的理由吧。不过，真对不起啊，朔日同学。"

我稍稍屈腿，做好跑的准备。即便是为了救下过去的葵花，我也不能在这里被杀掉。因为那意味着葵花会被杀死两次。我必须绕过老师，设法逃离屋顶，回到过去提醒葵花。"绝对不能接近这个杀了你的家伙。"

"你没有错，但你的存在对我来说很危险。不好意思，有风险就要排除。"

听到这句话，我踢了踢右脚所在的台阶，朝老师的右侧跑去。与此同时，老师也踢了一下地面。我甩开老师伸向我的手臂，但他的另一只手立马抓住了我胸前的衬衫，我被他一拽，倒在了水泥地上。

"啊！"

背撞到地的一瞬间，呼吸仿佛停止了。我仰面朝天，老师骑在我身上，按住我的手臂和胸部，他把体重集中到手上，双手的拇指压住我的喉咙。我没办法呼吸了。

"你不是要聊聊她吗？这儿一个人都没有，把你带过来真是再合适不过了。过一会儿，你就会从屋顶上跳下去，因为世上没有了她，让你厌倦了看不到希望的未来。"

身体使不上劲。眼前闪过死亡的气息。生命原来如此脆弱。

"啊……"

我感觉血液聚集到眼球和头顶周围，视线摇摇欲坠，噼啪作响。

日落时分在摩天轮上许下的约定突然闪现在脑海中。

见面吧，我说。她流着泪点点头。

葵花。葵花。

眼前的景物被黑色抹去。

渐渐地，意识越来越模糊，越来越模糊——

——我在葵花家的客厅醒来。

坐在榻榻米上的她不知为何戴着手套，面前是星野老师。他手里拿着一根延长电线。我惊声尖叫起来。情绪让她的嘴唇颤抖。

"葵花，快逃！是这个人杀了你！"

她的肺部急速吸入空气，一脚蹬在榻榻米上。

星野老师抓住她伸向房间拉门的手，随即用力一拽，她倒在了榻榻米上。

"啊！"

星野老师骑在她身上，试图把手里的电线缠到她的脖子上。就算拼命抵抗，女生纤细的手臂到底是无法控制。

"为什么……要这么做？"

"我啊，想要的东西，得不到就不甘心。而你竟然拒绝成为我的人。想要却得不到的东西，还在眼前晃来晃去、晃来晃去，你知道这多让人痛苦吗！"

"可是……这也不是杀人的理由啊。"

"你不是说过，要承认自己的内心吗？我一直压抑到现在，也没有注意到这个。是你提醒了我。这就是，我的内心，真正的我！我迫不及待地想用你来填补空洞！"

老师脸上浮现出扭曲的微笑，他推开葵花不停挣扎的手臂，用电线抵住她的脖子。

◂◂

喉咙要被冰冷的触感压碎了。呼吸越来越困难。

朔日说的，就是这个吗？我马上就要被杀了吗？因为这个人，我见不到朔日了吗？眼里渗出不甘的泪水。

"葵花，不要放弃！活下去！"

我嘴里喊出了声。他在我本已经死亡的未来，期待着我能活下去。左胸的心脏剧烈跳动着，扑通扑通。

"听着，星野宗一！我是八月朔日行兔，来自三年后的未来，通过葵花的身体和你说话！"

老师收起笑容，露出讶异的表情。

"你说什么呢？"

"不相信也没关系。不过，你对这个女生所做的一切，我都看在眼里。你如果杀了她，我就会告发你！"

"哈哈哈，好可爱的威胁哦。"

"星野宗一，兴趣是开车兜风和打台球，从当地的公立高中毕业后，进入东京的一所私立大学，在那里取得了教师资格证。母亲在你很小的时候就因病去世，父亲性情大变，在他的暴力下，你失去了自己最亲的妹妹。"

听到朔日的话，老师的脸瞬间苍白。脖子上的压迫稍有减轻。

妹妹……我突然想起，老师第一次开车送我回家，我问起他妹妹时他说的话。"我只是一味地任性。但长大分开后，才发现还是家人重要啊。"

那是谎言，是演技。当时他是怀着怎样的心情说出这句话的？老师内心的空洞，到底有多深、多黑？

眼看就要被杀了，可这个要杀我的人所背负的孤寂，却让我的左胸生出一种揪心的灼烧感。朔日没有因此停下，他继续借着我的嘴说：

"怎么样？这些话你都没对葵花说过吧？即使这样你还要杀了她，再每天提心吊胆，怕哪天被发现是个杀人犯，然后被抓起来吗？"

"你……到底怎么回事？"

老师抬起压着我的上半身，身体恢复了一点自由。我把胸中的恐惧抛诸脑后，使出浑身力气——

"嗨！"

我抬起膝盖，直直撞向老师胯下，膝盖上传来一种软绵绵的奇怪触感。

"呃啊！"

老师皱起眉头，摇摇晃晃地失去平衡，两手扶在地上。我趁机挪动身体从他身下溜了出来。

"妈的……"

他爬着抓起包，站起身逃也似的朝房间门口走去，一边喘着粗气，一边把手搭在拉门上。

"老师……"

我叫住了他，是我自己的意思，不是朔日的声音。星野老师用充血的眼睛看着我。

"虽然老师对我做了很过分的事，但终究没有杀害我。所以，我不会报警的。"

"喂！葵花，这可是完完全全的杀人未遂啊！"

听到朔日诧异的声音，我摇了摇头。

"听到刚刚那些话，我也知道了老师的过去。我似乎明白了老师以前在车里跟我说的那些内心孤寂的话和老师经历的痛苦。"

老师低下头看着地面。

"'承认内心'确实是我不负责任地说出来的，但这并不意味着我们可以不加掩饰地对待自己的欲望和扭曲。我们应该认识到自己的扭曲，从而打开心扉去追求幸福。"

我深吸一口气，继续说：

"刚才被勒住脖子的时候，我真切地希望老师也能够幸福。这不是同情和怜悯，而是觉得经历过痛苦的人，更应该加倍幸福才对。老师有这个权利，同样也有这个义务……一定会有人既能看到老师的外表，又会因为老师的内在而喜欢老师。可是，如果你不主动敞开心扉，又怎么能做到呢？"

老师把脸转向门口。不知道刚刚那些话他有没有听进去。

老师告诉我，他对我的关心是真的。不知道这是真是假，可我知道，我希望这个孤独的人获得幸福的心愿却是真真切切的。

"……对不起，突然叫住了您。您走吧。还有，请努力变得幸福。"

星野老师只是侧脸对着我，我看见泪水顺着他的脸颊滑落。每个人都是孤独的，难免感到寂寞。但这并不妨碍人们相互靠近，温暖彼此。

老师显得有些犹豫，他的嘴唇微微抖动，说：

"这甚至算不上借口……我只是觉得，你很像我妹妹。对不起。还有……谢谢你。"

老师打开门，走出客厅。一阵脚步声后，玄关的门静静地打开，然后又关上。

此刻，我终于从紧张中得到解脱，全身瞬间脱力，瘫坐在地上。

"啊呼呼呼——"

巨大的叹息声带着无奈。我突然回过神来，摘下双手的手套。说来这副手套到底有什么用处？是为了防止我反抗吗？还是为了不留下犯罪证据？事到如今，真相已无从知晓。

（葵花，你还好吗？没事了，太好了……）

"嗯，谢谢你，朔日。我还以为要死了呢！"

（我也吓死了……）

"不过，你刚刚喊着让我活下去，真的很讨人开心，特别酷。"

（啊，这……没有啦……）

他惊慌失措，我感觉自己的身体也跟着在发热。肯定是不习惯别人夸他。"哈哈"，我不禁笑了起来，心里暖洋洋的。

我果然很——"喜欢你"。

（欸？）

不小心说出来了。

"啊，等一下，刚刚不算！见面的时候我再好好和你说。等我哦！"

（唔，知道啦。）

脸颊再次发烫，这次是因为我的害羞。我确信他已经知道了我的心意。确认过彼此心意的那种酥酥痒痒的幸福感让胸口欢快地怦怦直跳。

但是其中夹杂着一丝莫名的痛感。这是，你的——

（就这么放过老师真的没关系吗？他会不会再来伤害你啊？）

朔日的关心让我有点欢喜。

"应该没事了吧？而且，如果再有什么危险，你也会保护我吧？"

最后我开着玩笑说，左胸却传来一阵刺痛。

（这……）

他犹犹豫豫地不说话，胸口开始隐隐作痛。我小心翼翼地说：

"你刚刚说，三年后的未来。"

（……嗯。）

我出声说话，然后他在脑海中回答，我已经习惯了这种奇怪的体验。

"你是为了救我才进入我身体的，是吧？"

（……一开始不是，但自从能和你说话以后，这就成了我的目的。）

"我得救了对吧？没死吧？"

（嗯，是啊。真是太好了。）

好痛，心脏一阵阵刺痛。

"那么！"

我按捺不住情绪，声音越来越大，泪水也涌出来。我用右手按住依旧疼痛的左胸，艰难地说：

"那么，为什么心会这么痛呢！？这是你的痛苦吧？我得救了对吧？可以在未来见到你了对吧？"

我抬起左手，擦去眼泪。

（不要哭，葵花……）

我明白，此时流泪的并非我一个。

"喂，朔日。"

（嗯。）

"昨天，我们两个人坐了摩天轮欸。"

（……嗯。）

"你跟我说，有时间见见面吧。"

他没有说话。左胸悲伤地呻吟着，仿佛在代替他回答。

"是在骗我吗？"

（不是的。）

颤抖的、安静的，声音。

"那是为什么……你讨厌我？"

（没有！）

强烈的否定让我心头一热。可如果是这样，那让他痛苦的原因，一定是更深的、更悲伤的。

几秒钟的沉默后，朔日开口了。

（对不起，有件很重要的事情一直瞒着你。但现在不得不告诉你了……实际上，这个未来的我……）

他借我的嘴迟疑地吸了一口气，然后声音温和地说：

（是因为移植了你的心脏才能活到现在。）

感觉全身像被雷击中了。最后一块拼图，填上了。他所做的一切，他的痛苦，他的眼泪，我瞬间都明白了。

（所以，在你生活的未来，我活着的可能性非常低。因为过去改变了，我也不知道自己会变成什么样子。）

"为什么这么重要的事情你闭口不谈！？"

他流着泪微微　笑。

（哈哈，我就知道在这里也要挨一顿骂。葵花，你真好。）

"我肯定会生气啊！一旦我得救你就活不了，太残酷了！傻瓜！怎么会这样！"

明明他让我不要哭，可情绪和眼泪却根本不受控制。

（对不起。但这是我期望的结局。所以，即使我不在了，你也一定要好好活下去。）

"就算你这么说……"

（消失之前，我还有最后一件事想说。我不确定分开的时候说这些对你来说算不算是一种诅咒，我犹豫了很久……请你听我说。）

等等，能不能不要说什么最后。

我发不出声，脑海里全是他温柔的嗓音。

（葵花，我也……）

啊啊——

（喜欢你。）

我刚刚明明说了下次见面时再说。

这简直就像——

（一直喜欢你。）

——就像在道别啊。

（我担心把这些告诉你会动摇我的决心……所以一直都在逃避，对不起。）

泪水模糊了视线。心快要被撕碎，身体也渐渐失去知觉。

（谢谢你在不同的未来，用自己的生命救了我。）

该道谢的人，明明是我啊。

（是它把你和我连在了一起。也是它，让我救下了你。我很开心能做这些。）

我也有很多话想说，很多事想告诉你。

但是，无论哪一个，都无法用语言来表达。

（那时候，我说要见面是真的。即使超越时间，即使放弃自己，我也想见你。请相信我。）

我一边哭一边反复点头。我相信你，怎么能不相信呢？

（啊……呜、呜……）

朔日发出痛苦的声音。

"啊，怎么了？"

（大概是到再见的时候了。我们最后还能说上话，太好了。）

"欸……"

等等。

（再见了，葵花。我好喜欢你。你要一直，在光里……）

等等！

"幸福地活下去——"

我说出了他的最后一句话，胸口的温热突然消失了。他总是这样，突然消失。

　　但这一次，我有一种直觉，这直觉让我浑身发冷，几乎要不能动——他再也不会到我的身体里来了。

　　"啊……"

　　什么都还没有说。

　　没有告别，没有感谢，也没有"等我"。

　　"啊啊……"

　　先前和他一起哭了那么久，眼睛却还在流泪。

　　"呜、呜，啊啊啊……"

　　干脆就这样，让体内的水分全都流走，变干好了。可是，他冒着生命危险救下的性命……

　　"呜啊……呜啊呜呜呜……呜呜……"

　　我必须活着，在这里。

　　"呜啊啊啊啊啊啊啊！"

　　我就像个小孩一样号啕大哭，直到妈妈回来。

▶▶

　　"呜……！"

　　回过神来，我一个人仰面躺在教学楼的屋顶上。四周一片漆黑，空气中弥漫着细雨，只有被云层遮住的满月投下微弱的光芒。我忍着全身的疼痛，翻了个身，趴在地上。

掐着我脖子的星野老师也不见了。原来如此，这就是改变过去的结果吗？他一定是活在"三年前没有杀死葵花"的现在吧。如果是这样，此刻，在这里的我……

"呃啊……"

左胸内侧持续传来一阵难以置信的剧痛，就像在被滚烫的铁棒蛮横地搅动。只要放松警惕，随时会失去意识。映入眼帘的只有灰色的水泥，但就连水泥也似乎伴着哗啦哗啦的噪声在视线中摇晃不定。持续的眩晕中，视野开始扭曲。

"喀喀……"

"喀"的一声，大口鲜血从嘴里涌出，染湿了地面。雨滴落下，把血泊的轮廓洇开。

我，就要这样死了吗？在这样的地方，一个人。可怕的孤独和恐惧笼罩着我。

葵花的死是我存在的前提，可在这个她没有死亡的世界，我的存在是矛盾的。自己的存在被动摇、被历史的扭曲吞噬的感觉比纯粹的生命终结更加昏暗可怕。我甚至觉得，比黑暗更黑的虚无已在我背后张大了嘴。

但这……

也就是说，我救下了葵花。

"哈哈哈……啊哈哈哈！"

我笑了。

做到了，我做到了，命运啊！我扭转时空，拯救了一个少女。好了，我要做的事已经做完了。你要的话就把这条命带走吧。

"哈哈哈……哈哈、哈……"

我没有眩晕，只是视野模糊了。溢出的泪水混杂着脸颊的雨水一起流下。

咚、咚，左胸发出沉重而异常的声音。

"……我早就知道了。"

我们将永远无法见面。

"显而易见，不是吗？"

我们生活的时间不一样。不，我们活着的前提就不一样。

"我早就知道，我们会是这样的结局。"

根本没有一个我们可以共存的世界。

"可是……"

明明早已做好了心理准备。

我本以为，自己的性命根本无所谓呢。

"啊啊……"

是我靠得太近了。

在她鞋子不见了的时候和她搭话。

在下雨天的回家路上和她开心地聊天。

和她一起去埋时空胶囊。

在商场里笑着约会。

在晚霞漫天的摩天轮里，许下一个无法实现的见面约定。

用她的手指，触摸她的脸颊和头发。

读她写给我的信。

就在刚才，还告诉她，我一直爱着她。

"唔啊啊啊！"

——爱得，过头了。

"啊啊啊啊啊啊啊啊啊！"

我应该坚持做一个旁观者。平静地看着心脏中遗留的过去，悄悄救下葵花，不打扰她。那样，就不会这么痛苦了。

"唔……葵花……"

她的声音让人愉悦，她的体温令人舒心。

她对我的一切依赖，无不让我开心。

"葵花！"

好想见你啊。想到一起度过的幸福时光，我就忍不住想见你。

"不想，就此消失……"

好孤独。好可怕。

因恐惧和孤独而颤抖时，脑海里响起一个声音。

（……朔日？）

我大吃一惊，混沌的脑中仿佛吹过一阵清冷的微风。

"葵花……这个世界的你，还、在吗？"

（嗯……很痛吧？难受吗？……）

怎么回事？为什么，还是把这个温柔的女孩牵扯进来了。我憎恶这无情的命运。

"对不起，让你受苦了……而且，我没办法守约了。对不起。"

听了我的话，她摇了摇头。

（没关系的。最后的时刻，就让我们在一起吧。还有，我们的约定，也许可以实现。）

"……欸？"

（那边的我，会找到你的，一定。我会去见你的。相信我。）

温热的泪水顺着脸颊流下。总是她救我，直到最后，也是这样。

"谢谢你……"

我无法支撑身体，慢慢向右侧倒去。已经感受不到疼痛了。

左手颤抖着缓缓伸过去，轻轻抓住右手。

（终于，我也能说出口了。朔日，谢谢你，我爱你……）

我用残存的微弱意志，伸出右手手指，牢牢握住她的左手。

——谢谢你。

雨停了。我们就这样牵着手抬头看着夜空，天空中浮着一轮巨大的淡红色圆月。那是草莓月，"和喜欢的人一起看到它就能永远在一起"。这传言也许是真的。

黑白的风沙渐渐填满视线。

耳朵里只有雨一样的噪声。

一种要被撕碎的感觉从脚趾慢慢爬上来。啊啊,要消失了啊。

但我已经不再害怕了,因为最后一刻有你陪我。

风沙和杂音越来越大,

然后又全部,

消失了。

第四章
相遇之时，盛开之花。

我一直在黑暗中。

我以为永远无法离开这里了。

我以为自己将就此死去，像凭空消失一样。

大约有七成的概率能活五年，有四成的概率能活十年，小孩的情况会更严重些——这是我在身体还能活动的时候检查后得知的。和这病魔相处，已经四年了吧。没有捐赠者适时出现，躺在床上虚度光阴时，看着自己活下去的希望越来越渺茫，我都已经放弃了。

机器输来的氧气维持我的呼吸，而机器输出的血液又把氧气带走。日复一日，扎在手臂上的针头把营养物注入体内，只为维持这肉体的机能。住院后不久来探望过我的小学同学，现在也一个都不在了。

在黑暗中醒来，茫然地注视着一成不变的现实，又在黑暗中睡去。

有时我会做些奇妙又温暖的梦，它们让我看到耀眼的光芒和希望，然后又只留下痛苦的憧憬消失不见。

我连哭喊的力气都没有，只有眼泪静静地滴落。

一了百了反倒轻松。

我强烈地，强烈地祈祷着。

只希望一切能早点结束。

可是，那是谁的声音？

◀◀

那天，妈妈看见我在房间里放声大哭，简直要吓坏了，但还是温柔又有力地紧紧抱住我，直到我平静下来。她问我怎么了，我当时脑袋有些混乱，记不太清事情，只哭喊着"很重要的人不见了"。后来她告诉我，她下班回来，走到家门外就听见我的哭声。真是太丢脸了。

"葵花，绘里来啦——"

楼下传来妈妈的声音。

"知道啦。"我拿上行李走出房间。

走到玄关，绘里正等着我，她打扮得比平时漂亮不少，脸上似乎也化了妆。

"喂……是不是化得太夸张了？"

我笑着打趣。

"那是东京啊，首都欸！大城市欸！说不定会遇到艺人，就此开启一段恋爱呢！又说不定会被星探发掘呢！"

绘里兴奋地说着，我又笑了起来。

走出家门，外面晴空万里。雨季后的蓝天淋漓尽致地展示着夏天的威力，阳光把我的皮肤烤得火辣辣的。我慌忙撑开阳伞。

我和绘里走到车站，坐了十五分钟左右的电车，然后换乘。在特快列车上吃了在车站买的盒饭，摇摇晃晃地坐了大约两个半小时。又花了三十分钟换乘了两趟慢车。加上步行的时间，总共花了三个半小时。就这样，我们终于到了目的地的车站。为了这一天，我打工一个月的薪水，有一半都要花在这趟旅途的往返上。除了家庭旅行和修学旅行，这是我迄今为止人生中最重大的一次旅行。

我们在目的地车站下了车，刚刚在电车里还兴奋到坐立不安的绘里扫兴地说："啊，就是这里？大城市？人山人海呢？星探呢？"

如果东京的所有地方都那么繁华，一定很令人窒息吧。我们下车的车站，虽说是首都东京的一部分，但离市中心还有一段距离，虽然车站大楼看着还挺高，但也没有别的高楼了。从略显脏乱的拱形商业街来看，它应该算一处老城区。

我看着手机上的交通地图，说：

"从这里坐八分钟公交车就到了。"

"啊？还要走？"

"要不你在这附近玩？"

"好啊——反正也有商店。"

我朝绘里挥了挥手，上了公交。其实要让我一个人来这里，我真的很不安，绘里能一起来真是帮了大忙。或许她是察觉到我的不安才主动提出要陪我来的。

手机收到了一条短信，我打开一看，是绘里，还带了个可爱的表情，"不用管我，你慢慢做你的事♪——"。回完信，我望着窗外，再次感到一定要永远珍惜这个朋友。

距离朔日和我告别，已经过去一年了。

从那天起，有很长一段时间，我活着仅仅出于一种为了朔日必须活下去的义务。

不过，失去了从小学起就陪伴我的胸膛的暖意，我就像个空壳一样。我甚至怀疑，朔日是不是把我的心也一起带走了。就像星野老师说的，我的内心满是空虚。我也切身体会到了束缚老师的那种，失去珍爱之物的痛苦。

一到晚上，我就躲在被窝里哭个不停，为了不让回忆也消失得无影无踪，我一遍又一遍地回想着再也不会回来的他和他说过的话。

我的兔子先生，从三年后的未来回来，用自己的生命拯救了我。

那个在最后一刻，什么都没来得及说就消失了的，重要的人。每当我想到他，心就会痛起来。

但是，有一天我发现了一件事。

一旦发现，事情就简单了。

三年的时间并不遥远。也就是说，在因我而消失的他看来是过去的——在我看来是"现在的朔日"，应该还在世上的某个地方。

命运被改变的，还没有进行心脏移植的朔日。

从第二天起，我就开始搜索他的信息。他不怎么谈自己的事，我知道的只有"八月朔日行兔"这个名字。光凭这一点，线索实在是太少了。我鼓起勇气告诉绘里，她却笑着否定，这怎么可能知道啊？

无计可施的我，一番苦思之后去了教员室询问星野老师。我把写着朔日名字的纸给他看，他睁大了眼睛——

"难道，这是当时的那个……"

"是的，我想找他。"

"……这个姓氏相当少见，很容易给人留下印象。我记得和文科省的现任女性大臣一样。"

"欸？"

"铃城同学，你不看新闻吗？"

被他笑着指出来，我顿时羞愧不已。

"这么稀有的姓氏，说不定真有些关系呢。我认识一个住在东京的新闻记者，可以问问他。"

有线索了——我想。几天来第一次感到胸腔里的空气通畅了。

"谢谢！"

我深深地鞠了一躬，老师轻轻挥了挥手。

"我欠你和他一笔永远都还不清的巨债。"他苦笑着说。

公交车很快就到了目的站点，我付过钱，下了车。

抬头一看，一座六层高的大医院伫立在夏日的阳光中。

我花了近一年的时间才得到这个地址信息。当时星野老师好像一再拜托他的熟人打听，可那位记者也很忙，而且他似乎也没什么接触大臣的机会。我就整日整日焦急地等待着对方的联络。

雨季结束了，夏天过去了，秋天也结束了，转过年来冬天也落幕了，我升到了高中二年级。这段时间里，我一天也没有忘记过他。春天的樱花落尽，夏日的新绿又来了，后来没有他的雨季也来了，当蜀葵开始在我脚下绽放的时候……终于有消息了。

我在前台问了他的房间号，然后穿过开着空调的医院大楼。

随着离他越来越近，心脏因为各种情绪怦怦直跳。内心似乎不知不觉中被什么东西填满了，不再空虚。它现在是如此温暖，舒适。

即使这个世界上没有一个人知道，但我心里非常清楚。

在此处之外的某个地方。在此刻之外的某个未来。一个英雄曾冒着生命危险来救我。

此刻的他肯定不认识我。这样也好，我可以陪伴在他身边，尽我所能帮助他。

我把手搭在门把手上，深呼吸。

缓缓推开那扇厚重的门，透过阳光明亮的窗户，我看到医院中庭的花坛里，许多蜀葵摇晃着花朵，喜滋滋地宣告着漫长雨季的结束。

▶

一直，都在黑暗中。

唯一希望的，就是尽快结束。

但是我听到了某个人的声音。

"朔日……"

我几乎要忘了这一串音节意味着什么。

花了好长时间，才意识到那是在呼唤我。

"朔日。"

陌生的声音。

可是，这个震动耳膜的声音，竟不可思议地让我生出怀念的感觉。

"朔日、行兔。"

太吵了，我微微睁开眼睛，想让对方安静些。

炫目的光亮让我眯起了眼睛，眼里是好几根连着身体的管子。是我早已看惯的场景。

但是今天，这些管子的另一头，出现了一个陌生的女孩，流着泪微笑地注视着我。

"我来见你了……朔日。"

在窗外照进来的阳光下，站在床边的人拉住我的右手，宝石般的泪珠从她美丽的脸颊上滑落。

她柔软的手包裹着我的手，那种久违的温暖让我感受到生命的温度，很久没有这种感觉了。我用微弱的意志动了动右手手指回应她。

"梨枣之后……"

不知为何，梦里多次听到的和歌竟脱口而出。呼吸机下我的声音有些沙哑，牵着我手的陌生女孩惊讶地睁大眼睛。她的样子莫名的可爱。

"黍粟继之，葛藤枝蔓总相逢……"

她接着念下后面的诗句：

"就如你我离别后……"

是这样啊，或许，我一直在等待这一天。

我吸了一口气，让空气进入胸腔。我们两人的声音如此一致，仿佛彼此紧紧贴在一起。

"葵花开时、与君逢。"

尽管结束曾是我唯一的希望。

但是你，赋予了我生命的意义。

▶▶

▶▶

▶▶

"肩膀，借你？"

她小心翼翼地问。

"谢谢，我自己走吧。你可以和我一起吗？"

"好，知道了。"

我拄着拐杖踏上河边的草地时，一直陪着我的主治医生对着我的背影说：

"喂，千万别乱来啊。全人工心脏也不是万能的。"

我的胸腔里植入了一颗塑料和钛合金制成的全人工心脏。我转过身答道：

"我知道。但是为了这一天，我努力了很久，您就在那里看着我吧。"

"……知道了。你去吧。"

虽然医疗技术日新月异，但遗憾的是，目前还没有一种人工心脏能完全代替人的心脏实现无障碍生活。说到底，它只是在心脏移植的捐赠者出现之前，或者在开发出完美的人工心脏、不再需要移植之前，起一个"连接"的作用。

但我之所以决定做手术，一切都是为了她。

曾经的我只期待尽快拉下人生的帷幕，如今却满腔执着，热切地希望能活下去。

我想活下去，想和她一起活下去。

在床上躺了近四年，身体机能衰退得厉害，我花了好几个月拼命尝试，才得以在人工心脏允许的范围内拄着拐杖独立行走。尽管如此，我已经属于全球罕见的康复病例了。

说实话，捐赠者不知道什么时候才能出现。现在在左胸跳动的人工心脏，也不知道什么时候就会出问题。可是，只要她还在我身边，我就绝对不能死。

她慢慢地走在我身边，耐心地陪着我一再停下来调整呼吸。见我终于到达了目的地，她放心地笑了。

　　我们在河边草地上一棵枝繁叶茂的孤树旁。出梅后的一阵清风吹得树叶沙沙作响，也拂过我汗湿的额头。

　　"是这里吗？"我问，她点点头。

　　"嗯，没错。……不过，真的不要紧吗？要不我来挖吧？"

　　"没事。说好的。"

　　我对那个约定并没有印象。但我相信她说起的那另一个人生，并且为之骄傲。我从包里拿出铲子，就地蹲下，开始挖掘树底的土壤。

　　运动量超乎想象，让我喘不过气来。我感觉铲子前端碰到了一个硬物，便小心翼翼地刨开周围的土，把它拿出来。包着这个盒状物的塑料袋已经老化，很快就破了，里面露出一个生锈的罐子。

　　"哎呀呀，都生锈了。埋了好几年了，还能打开吗？"

　　"我试试。"

　　一用力，罐子竟轻松打开了。她凑过来往里瞧。

　　"哈哈哈，还真在啊！好怀念啊！"

　　"这是什么，信吗？说是'给兔子先生'。"

　　"嗯，我写的情书。"

"什么！"

意料之外的回答让我心里燃起一股嫉妒之火。到底是写给谁的？

葵花看到我这个样子，笑呵呵地晃了晃肩膀，露出幸福的笑容，就像江风中摇曳的花朵。

"你没有爽约呢，我的兔子先生。"

说着，她微微踮起脚尖，吻了吻我的脸颊。

后记

生命的路上唯有前进这一个方向。但是，过去不会消失。

本应攥在手里的幸福，不知不觉中成了"理所当然"，只有失去的和从手中溜走的，越是甜蜜越是痛苦，才越散发着宝石般的美丽光辉。

可爱的过去不会消失。但是，人只能往前走。

即使一直回头，时间也只会温柔地、残酷地，不时拍拍你的背，推你前进。不得停留。

过去是累赘且甜蜜的。既想扔掉，又不想放手。

即使心被回忆的手抓着，夺拉着肩膀，跛着腿走在这条生命的路上，也会有新的羁绊一点一点建立起来。珍重的东西会越来越多，生命的着色和责任会越来越重。

即使如今已不知不觉长大成人，实话说，我依旧不明白生命的意义，甚至还觉得痛苦。在那个樱花纷飞的春天，自以为拯救了自己，可心却在寒冬中不知不觉地萎缩了，胸口痛苦地咯吱作响。

但是，一路上建立起来的新的羁绊一直温暖着我，与我同行。我真切地感受到，过去正在成长为未来。

这些与这个故事没有任何关系，但却是我的感受。初次见面，我是青海野。

在断笔把自己逼到极点的时候，想要找到活下去的理由，就像做康复训练一样写了这本书。

我要感谢所有帮助我在文字的海洋里找到这个故事的人，感谢他们辛辛苦苦地把它打磨成书。感谢福水先生绘制了漂亮的封面。感谢在艰难的状况下帮助我腾出时间来写这本书的人。当然，也要感谢每一个拿起这本书并读到现在的你。

希望这本书能成为给我的生命之路带来一线光明的契机。

如果也能给别人的心带来哪怕一丝温度，那就再美好不过。

磨铁图书旗下子品牌

更 好 的 阅 读

出 品 人　沈浩波

特约监制　潘　良　于　北

产品经理　刘　烁　何青泓

版权支持　冷　婷　郎彤童　李泽芳

封面设计　胡崇峯

封面插画　Fusui

官方微博：@文治图书

官方豆瓣：文治图书

联系我们：wenzhibooks@xiron.net.cn

关注我们